LES MAJORATS

LITTÉRAIRES

LES MAJORATS
LITTÉRAIRES

EXAMEN D'UN PROJET DE LOI

AYANT POUR BUT DE CRÉER, AU PROFIT DES AUTEURS, INVENTEURS
ET ARTISTES, UN MONOPOLE PERPÉTUEL

PAR

P.-J. PROUDHON

« Si le droit des auteurs n'est pas une
propriété, purgeons la langue d'un mot
inexact, et débarrassons la jurisprudence d'une idée fausse. »

E. LABOULAYE, *Études sur la
propriété littéraire*).

DEUXIÈME ÉDITION

PARIS

E. DENTU, LIBRAIRE-ÉDITEUR

17 ET 19, PALAIS-ROYAL, GALERIE D'ORLÉANS

—

1863

LES

MAJORATS LITTÉRAIRES

EXAMEN

D'UN PROJET DE LOI AYANT POUR BUT DE CRÉER, AU PROFIT
DES AUTEURS, INVENTEURS ET ARTISTES,
UN MONOPOLE PERPÉTUEL

Le 27 septembre 1858, un congrès composé d'hommes de lettres, de savants, d'artistes, d'économistes, de jurisconsultes de
tous les pays, se réunit à Bruxelles, afin de
vider la question des droits d'auteur, ce que
l'on appelle aujourd'hui *propriété intellectuelle*
ou *propriété littéraire*.

Dès le 15 août, M. de Lamartine avait écrit
au président du congrès la lettre suivante :

« Paris, 15 août 1858.

» Monsieur le président, des circonstances sensibles
(*sic*) et impérieuses me rendent impossible l'assistance
au congrès auquel vous voulez bien me convier. Je le
regrette d'autant plus vivement, que la situation de
rapporteur de la loi de la propriété littéraire en France

1

(en 1841) a motivé pour moi de sérieux travaux sur cette question. Vous les trouverez au *Moniteur*.

» Il appartenait à la Belgique, terre intellectuelle par excellence, de prendre l'initiative de ce progrès de plus à accomplir dans la constitution des vraies propriétés. Un sophiste a dit: *La propriété c'est le vol.* Vous lui répondrez en instituant la plus sainte des propriétés, celle de l'intelligence : Dieu l'a faite, l'homme doit la reconnaître.

» Recevez, monsieur le président, l'assurance de ma haute considération.

» LAMARTINE. »

Je cite cette lettre d'après l'*Indépendance belge* du 18 août 1858.

Au 15 août 1858, je venais de me retirer en Belgique, à la suite d'une condamnation à trois années d'emprisonnement pour mon livre *De la justice dans la Révolution et dans l'Église.* J'étais donc signalé à la Belgique, par M. de Lamartine, d'une manière peu bienveillante, et le congrès mis en garde contre mes *sophismes.* M. de Lamartine se donnait une peine inutile. Je n'avais pas été invité au congrès, auquel je ne parus point. La seule part que je pris à cette solennité consista en un article publié dans un petit journal hebdomadaire alors inconnu, article qui, par conséquent, ne fut lu que par très-peu de monde. Personne ne reproduisit mon argumentation aux débats, et mon nom ne fut pas prononcé. La perpétuité du privilége littéraire n'en fut pas moins rejetée par le congrès, unanime d'ailleurs pour défendre la propriété.

Déboutée de sa demande au congrès de Bruxelles, la propriété littéraire ne se tint pas pour battue; elle résolut de prendre sa revanche. Dans ce but, il a paru diverses publications parmi lesquelles je distingue : 1º *Études sur la propriété littéraire*, par MM. LABOULAYE père et fils, 1858; 2º *De la propriété intellectuelle*, par MM. Frédéric PASSY, Victor MODESTE, P. PAILLOTTET, avec Préface de M. Jules SIMON, 1859. — M. de Lamartine avait cru devoir prémunir le congrès de Bruxelles contre mes sophismes, on a vu avec que succès. MM. Frédéric Passy, Victor Modeste et P. Paillottet, n'osant s'en prendre aux honorables membres du congrès, sont tombés à leur tour sur le malheureux *sophiste*, traité par eux comme un éhonté plagiaire et schlagué comme un serf. Quand j'aurai le temps de rire, je donnerai au public la *Propriété intellectuelle démontrée par la métaphysique* de

M. Frédéric PASSY, suivie de la *Jurisprudence absolue* de M. Victor MODESTE, et du *Voyage à l'île de Robinson* de M. P. PAILLOTTET, comédie en trois actes et en prose, avec Prologue de M. Jules SIMON. Qu'il me suffise, pour le quart-d'heure, de dire que les élucubrations de MM. Laboulaye père et fils, Frédéric Passy, Victor Modeste et P. Paillottet, cette dernière contre-signée Jules Simon, n'ont pas eu plus de succès au congrès d'Anvers, tenu en 1861 et auquel je n'assistais point, que n'en avait obtenu en 1858, au congrès de Bruxelles, l'autorité de M. de Lamartine.

Actuellement, la propriété littéraire s'est pourvue en cassation pardevant l'autorité impériale. Les journaux avaient d'abord parlé d'un troisième congrès, qui devait se tenir à Paris, au Palais de l'Industrie. C'eût été logique. La question de la propriété littéraire est essentiellement cosmopolite, aucune solution ne pouvant recevoir d'exécution sérieuse qu'autant qu'elle sera admise par tous les gouvernements. Il convenait d'opposer congrès à congrès, et d'appeler des synodes provinciaux de Bruxelles et d'Anvers au concile œcuménique de Paris. Sans doute les deux premières assemblées, influencées par l'atmosphère belge, avaient erré; la troisième, discutant sur une terre libre, à l'abri de tout préjugé, rétablirait le droit. Il eût été digne de la France, jadis constitutionnelle, représentative et parlementaire, de débattre solennellement en toute langue, et, s'il le fallait, en trente séances, ce qui avait été tranché à Bruxelles et à Anvers, en trois.

On a préféré, comme offrant plus de garanties, les formes brèves du régime impérial. Une commission a été instituée, il y a un an, par le ministre d'État M. Walewski. Cette commission, délibérant à huis clos, a fait et refait un rapport, sur lequel le Conseil d'État sera appelé à préparer un projet de loi, que le Corps législatif et le Sénat voteront (1). J'a-

---

(1) La commission nommée par le ministre se compose des noms suivants :

Président :

MM. Walewski, ministre d'État.

Vice-présidents :

Persigny, ministre de l'intérieur;

Rouland, ministre de l'instruction publique.

Membres :

Barthe, sénateur, premier président de la Cour des comptes;

vais d'abord espéré qu'après une année de réflexions, commission et ministre abandonneraient leur projet : il n'en a rien été. Pour les partisans du monopole littéraire, les considérations les plus solides qu'on leur oppose

MM. Dupin, sénateur, procureur général à la Cour de cassation;

Le Brun, sénateur, membre de l'Institut ;

Mérimée, sénateur, membre de l'Institut;

La Guéronnière, sénateur;

Schneider, vice-président du Corps législatif ;

Nogent-Saint-Laurent, député au Corps législatif;

Vernier, député ;

Vuillefroid, président de section au Conseil d'État ;

Suin, conseiller d'État ;

Duvergier, conseiller d'État ;

Herbet, conseiller d'État, directeur aux affaires étrangères ;

Flourens, membre de l'Institut, secrétaire perpétuel de l'Académie des sciences;

Nisard, membre de l'Institut ;

Sylvestre de Sacy, membre de l'Institut ;

E. Augier, membre de l'Institut ;

Auber, membre de l'Institut, directeur du Conservatoire de musique et de déclamation ;

Alfred Maury, membre de l'Institut ;

Baron Taylor, membre de l'Institut, président de plusieurs sociétés artistiques ;

Le président de la commission des auteurs et compositeurs dramatiques :

sont justement des motifs de persévérance. C'est à l'esprit même de la Révolution que la caste lettrée, que les soi-disant successeurs de Voltaire et de Rousseau, de d'Alembert et de Diderot, déclarent aujourd'hui la guerre.

Le président de la commission des gens de lettres;
Imhaus, directeur de la presse et de la librairie au ministère de l'intérieur;
C. Doucet, chef de division au ministère d'État;
Éd. Thierry, administrateur général de la Comédie-Française;
Théophile Gautier, homme de lettres;
Firmin Didot, imprimeur-libraire.

Je donne cette liste telle qu'elle m'a été communiquée. D'après les journaux de l'année dernière, la commission, délibérant au nombre de vingt-deux membres, s'est prononcée pour la perpétuité du monopole à la majorité de dix-huit contre quatre. Les quatre opposants sont, à ce que l'on m'assure, MM. Flourens, Nisard, Dupin et Didot. Chose singulière, les hommes qui sont censés représenter l'opinion libérale, MM. de Lamartine, V. Hugo, J. Simon, F. Passy, L. Viardot, Alph. Karr, Alloury, Ulbach, Pelletan, G. Hecquet, Dolfus, etc., les journaux les *Débats*, le *Siècle*, la *Presse*, le *Temps*, l'*Opinion nationale*, sont favorables à cette création ultra-féodale, parmi les adversaires de laquelle on rencontre des amis déclarés de l'Empire, tels que MM. Dupin, Flourens, Nisard, Sainte-Beuve. C'est le monde renversé.

Apparemment on espère que, la France ayant
parlé, les autres nations emboîteront le pas.
Ne sommes-nous pas les vrais interprètes de
la liberté, de l'égalité, de la propriété, mar-
chant, tambour battant, sous le drapeau de la
Révolution? Cela fait, nous aurons *émancipé
l'intelligence humaine*, comme disait, en 1841,
M. de Lamartine.

Quant à la démocratie, représentée par la
presse, elle a opiné du bonnet. Si quelques
réserves ont été exprimées, c'est d'une façon
si discrète, sur des considérants si faibles,
qu'on peut dire qu'il n'y a pas eu d'opposition.
On s'est rallié à l'apophthegme décisif, triom-
phant, de M. Alphonse Karr : *La propriété
littéraire est une propriété*. Ce que l'on me par-
donnera de relever, comme fait personnel,
c'est que cette dévotion à la propriété littéraire
aurait son principe, s'il faut en croire ses partisans, dans un respect profond, une intelligence supérieure de la propriété et une sainte
horreur des attaques dont elle a été l'objet.
C'est à tel point que la propriété foncière, que
l'on avait considérée jusqu'à présent comme
la propriété par excellence, ne serait plus
qu'une propriété de second ordre, déclarée

même, par les champions de la nouvelle propriété, défectueuse, sans fondement, sans légitimité, un vol enfin, si on ne lui donne pour
complément, pour sanction et pour contre-fort
la propriété intellectuelle, la plus *vraie*, la
plus *sainte* des propriétés. Quand je n'aurais
pas été nommé par les théoriciens du monopole, ces allusions étaient assez transparentes :
voilà comment je me trouve personnellement
engagé dans le débat. Si parfois ma polémique prend l'allure d'une représaille, le lecteur
en connaîtra la raison.

Jusqu'à présent la perpétuité du privilége
en matière de livres, d'objets d'art, de machines, etc., s'est vue repoussée par l'universalité des traditions et l'unanimité des peuples.

« Cette cause, » c'est un partisan de la propriété littéraire, M. Victor Modeste, qui l'avoue, « a contre elle
le vote de toutes nos législatures et le droit positif des
deux mondes. Elle compte parmi ses adversaires la plupart des grands esprits, la plupart de nos maîtres. »

Ajoutons qu'elle est en contradiction for-
melle avec notre droit public et avec les principes de la Révolution.

Nous allons changer tout cela. La tradition
et le consentement universel n'ont pas le sens
commun ; nos législatures, depuis 1789 jusqu'en 1851, se sont trompées ; le droit positif
des deux mondes est dans l'erreur. La Révolution a fait fausse route ; d'ailleurs, cette Révolution est de l'autre siècle : nous en avons
assez. La Révolution est pour nous un brevet
d'invention expiré ; nous jurons par le progrès. La révision des actes des congrès de
Bruxelles et d'Anvers le prouvera. Les appe-
lants sont nombreux, puissants, agissants : ils
ont aussi leurs autorités. Il y aura bien du malheur si la propriété littéraire, combattant sur
un terrain choisi par elle, n'ayant devant elle
que des *sophistes*, soutenue par un ministre
d'État, et qui se croit sûre de la protection de
l'Empereur, ne finit par remporter la victoire.
Ceux qui ont jugé à Bruxelles étaient de vieux
contrefacteurs ; à Paris, il n'y aura que des
économistes et des jurisconsultes.

Ce n'est donc pas avec l'espoir du succès
que je combats en ce moment. La France, dans
son va-et-vient révolutionnaire, semble devoir
reculer jusqu'à la limite du régime aboli en
1789. On nous croirait sur le chemin de l'a-

postasie, si l'on ne savait que l'histoire a ses
retours, ses *ricorsi*, disait Vico, et qu'une rétrogradation n'est souvent que le signe précur-
seur d'un nouveau progrès. Étrange phénomène, que le moraliste est tenté de rejeter sur
la défaillance des nations, et dans lequel une
observation plus approfondie découvre une
sorte de loi !... Or, comme à l'époque où la
civilisation est parvenue, rien de ce qui se fait
dans un État ne devient définitif s'il ne reçoit
l'approbation des autres ; comme il n'est pas
au pouvoir de la France de proscrire la Révolution qu'elle a commencée, attendu que cette
révolution a pris l'Europe entière pour place
d'armes, je n'ai pas hésité à me jeter dans l'a-
rène et à publier cet écrit, espérant qu'il aurait du moins pour effet d'arrêter à la fron-
tière ce qu'il ne saurait plus étouffer au dedans.

Deux choses me mettent tout à fait à l'aise:
l'une est que la *propriété*, pour laquelle s'ar-
ment en 1862, comme en 1848, tant de défenseurs, non-seulement n'est pas intéressée à la
création d'un monopole perpétuel, comme
s'efforcent de le faire croire les partisans de la
propriété littéraire, tout au contraire, elle a
le plus grand intérêt à ce que ce monopole

n'existe pas ; l'autre, que je n'ai pas pour ad-
versaire le gouvernement, qui s'imagine faire
acte de justice, de conservation et de progrès,
en proposant à l'examen des grands pouvoirs
de l'État une question qui, il y a vingt ans, eût
soulevé une réprobation unanime.

« C'est aussi pour stimuler le travail et encourager
le mérite par la perspective légitime de la fortune (dit
l'*Exposé de la situation de l'Empire* dernièrement
présenté aux Chambres, page 57) que l'Empereur a
daigné charger une commission d'examiner dans son
principe et dans son application la question de la propriété littéraire et artistique. Inspirée par une auguste
bienveillance, la solution semblait d'avance assurée ;
mais de graves intérêts étant en jeu, il n'a pas fallu
moins d'une année pour que la commission ait pu éla-
borer le projet de loi qui, dans les premiers jours de la
session, sera présenté à l'examen des grands corps de
l'État. »

A la bonne heure ! Que l'Empereur propose
aux délibérations des grands corps de l'État
les lois mêmes auxquelles, dans un autre système politique, il devrait refuser sa sanction :
il le faut bien, puisque lui seul, d'après la
Constitution de 1852, a l'initiative des lois.
Mais que les grands corps de l'État, que les

membres du Conseil d'État, du Corps législatif et du Sénat le sachent : en votant la loi qu'on leur propose, ils auront détruit dans son principe, dans son idée et dans sa loi la RÉVOLUTION, porté à la propriété une atteinte décisive, et substitué au principe de la souveraineté du peuple, en vertu duquel règne Napoléon III, le principe féodal de la légitimité dynastique et de la hiérarchie des castes ; ils auront changé de fond en comble le droit politique et civil des Français.

Que les propriétaires, de leur côté, à qui l'on vient encore aujourd'hui parler de partageux et de spectre rouge, se rassurent : ils ne rencontreront pas dans cet écrit la plus petite proposition malsonnante. Leurs intérêts sont parfaitement à l'abri. Leur propriété, à eux, n'a rien de commun avec cette prétendue propriété intellectuelle qu'on les somme de reconnaître ; ils ne se verront pas expropriés pour avoir repoussé la consécration du plus immortel des priviléges. Loin de là, il leur sera aisé de juger, pour peu qu'ils veuillent s'en donner la peine, que la voix la plus désintéressée, la plus sûre d'elle-même, qui jamais s'éleva en faveur de leur prérogative, est la

2

même qui les scandalisa, il y a vingt-deux ans,
par une analyse qui n'était pourtant autre
chose que le point de départ de la thèse que
je soutiens aujourd'hui, et qu'ils regarderont
comme leur sauvegarde, le jour où il leur sera
donné de la comprendre.

Quant aux estimables orateurs **et** publicis-
tes, qui, au congrès de Bruxelles et depuis,
ont défendu la doctrine que je soutiens à mon
tour, et parmi lesquels je nommerai MM. Vil-
lemain, Wolowski, Villiaumé, Calmels, Victor
Foucher, Cantù, de Lavergne, Paul Coq, Gus-
tave Chaudey, — je ne parle que des vivants,
— qu'ils me permettent d'unir ma voix inju-
rieusement compromise à leur suffrage plus
autorisé. Tout n'a pas encore été dit sur cette
question complexe des droits de l'écrivain et
de l'artiste ; tant de nuages amoncelés dans
ces derniers temps par de soi-disant jurisconsultes, économistes et philosophes n'ont pas
été dissipés. J'ai cru qu'on me saurait gré de
montrer par une étude approfondie dans quelle
fondrière on entraîne le pays et le gouvernement.

La question de la rémunération des auteurs

touche à plusieurs ordres d'idées. Je l'exa-
minerai au triple point de vue de l'Économie politique, de l'Esthétique et du Droit
public.

PREMIÈRE PARTIE

—

DÉMONSTRATION ÉCONOMIQUE.

———

§ 1. — Position de la question.

En 1844, le prince Louis-Napoléon, actuellement Sa Majesté Napoléon III, répondant à M. Jobard, l'auteur du *Monautopole*, laissa tomber de sa plume les paroles suivantes, dont les partisans de la propriété littéraire se prévalent aujourd'hui :

« L'œuvre intellectuelle est une propriété comme une terre, comme une maison; elle doit jouir des mêmes droits et ne pouvoir être aliénée que pour cause d'utilité publique. »

Jadis la parole du maître était considérée

dans l'École comme un argument sans répli-
que. Le maître l'avait dit, *magister dixit*, et
tout était dit. La logique française, essentiellement autoritaire, unitaire, en est encore là.
Le roi l'a dit, l'empereur l'a dit! On n'appelle
pas de ce jugement. On a pensé à Paris : c'est
pour les quatre-vingt neuf départements.

Eh bien! l'Empereur s'est trompé. L'œuvre
intellectuelle n'est point une propriété comme
une terre, comme une maison, et elle ne
donne pas naissance à des droits semblables.
Comme je ne suis pas de ceux que l'on croit
sur parole, je demande à faire la preuve.

Certes, je ne ferai point un crime à Napoléon III de ce que, en 1844, assailli déjà par les
faiseurs d'utopies et les inventeurs de panacées
il s'est laissé surprendre par ce gouailleur de
Jobard, que j'ai bien connu, et qui croyait à
la propriété intellectuelle comme au spiritisme,
c'est-à-dire en vrai Normand, sans trop y
croire. Je prendrai seulement la liberté de
rappeler à sa Majesté Impériale, en faisant al-
lusion à un mot de Louis XII, que l'Empereur des Français ne peut pas répondre des
lapsus calami du prince Louis ; et, cela dit, je
louerai volontiers l'auguste personnage d'avoir,

dans la phrase que je viens de citer, posé du premier coup le doigt sur la difficulté.

La question, en effet, est de savoir, non pas si l'homme de lettres, l'inventeur ou l'artiste, a droit à une rémunération de son œuvre : qui donc songe à refuser un morceau de pain au poëte, pas plus qu'au colon partiaire ? On devrait, une fois pour toutes, bannir du débat cette question odieuse, texte aux déclamations les plus ridicules. Ce que nous avons à déterminer, c'est de quelle nature est le droit de l'écrivain ; de quelle manière se fera la rémunération de son travail ; si et comment ce travail pourrait donner naissance à une propriété analogue à la propriété foncière, ainsi que le prétendent les pétitionnaires du monopole et que le croyait en 1844 le prince Louis-Napoléon ; ou si la création d'une propriété intellectuelle à l'instar de la propriété foncière ne repose pas sur une fausse assimilation, sur une fausse analogie.

Raisonnant par premier aperçu et d'après une généralisation mal faite, les partisans du monopole disent oui. Je déclare, après un examen attentif de leur argumentation, et sur la foi d'une analyse dont le lecteur va être juge, que non.

§ 2. — Définition : Au point de vue économique, l'écrivain est un *producteur*, et son œuvre un produit. — Qu'entend-on par ce mot, *produire?* Caractère de la production humaine.

Tous les écrivains favorables à la propriété littéraire sont d'accord , pour établir leur thèse, d'assimiler la production artistique et littéraire à la production agricole-industrielle, C'est le point de départ de tous leurs raisonnements : ce sera aussi le mien. Il est bien entendu que cette assimilation ne préjudicie en rien à la dignité qui appartient en propre aux lettres, aux sciences et aux arts.

Oui, quelque différence qui existe fondamentalement entre les ordres du *beau,* du *juste,* du *saint,* du *vrai* et celui de l'UTILE, quelque démarcation infranchissable qui sous tout autre rapport les sépare, en tant que l'homme de lettres, de science ou d'art ne produit ses ouvrages qu'à la sueur de son front, qu'à cette fin il dépense force, temps, argent et subsistances ; au point de vue inférieur de l'économie politique en un mot, il est ce que la science de la richesse appelle un *producteur*, son œuvre est un *produit*, lequel produit, introduit dans la circulation, ouvre crédit à une indemnité, rénumération, salaire ou paiement, je ne discute pas en ce moment sur le terme.

Mais qu'entend-on d'abord, en économie politique, par ce mot *produire?*

Les maîtres de la science nous enseignent tous, et les partisans de la propriété littéraire sont les premiers à le dire, que l'homme n'a pas la puissance de créer un atome de matière : que son action consiste à s'emparer des énergies de la nature, à les diriger, à en modifier les effets, à composer ou à décomposer les corps, à en changer les formes, et, par cette direction des forces naturelles, par cette transformation des corps, par cette séparation des éléments, à se rendre la création plus utile, plus féconde, plus bienfaisante, plus brillante, plus profitable. En sorte que la production humaine tout entière consiste, 1º dans une expression d'idée, 2º dans un déplacement de matière.

Ainsi l'artisan le plus humble n'est qu'un

producteur de mouvements et de formes : les
premiers, il les tire de sa force vitale par le
jeu de ses muscles et de ses nerfs ; les secondes lui arrivent par l'excitation de son cerveau. La seule différence qu'il y ait entre lui
et l'écrivain, c'est que l'artisan, agissant directement sur la matière, lui donne l'impulsion, y inscrit, et pour ainsi dire y incorpore
son idée ; tandis que le philosophe, l'orateur,
le poëte, ne produit pas, si j'ose ainsi dire, au
delà de son être, et que sa production, parlée
ou écrite, s'arrête au verbe. J'ai pour ma part
fait cette opération il y a longtemps, et
MM. Frédéric Passy et Victor Modeste, qui
professent la même manière de voir, auraient
pu me citer, si j'étais un écrivain que l'on
cite, s'il n'y avait pas plus de profit à me traiter de *sophiste*. Mais savent-ils où cette assimilation, généralement admise, à ce qu'il
paraît, parmi les économistes contemporains,
va les conduire ? Ils ne s'en doutent seulement
pas.

Voici donc qui est entendu : L'écrivain,
l'homme de génie, est un producteur, ni plus
ni moins que son épicier et son boulanger ;
son œuvre est un produit, une portion de ri-

chesse. Autrefois les économistes distinguaient
entre la production matérielle et la production
immatérielle, comme Descartes distinguait
entre la matière et l'esprit. Cette distinction
devient superflue : d'abord, parce qu'il n'y a
pas de production de matière, et que, comme
nous l'avons dit, tout se passe en idées et en
déplacements; en second lieu, parce que nous
ne produisons pas plus nos idées, dans la ri-
gueur du terme, que nous ne produisons les
corps. L'homme ne crée pas ses idées, il les
reçoit; il ne fait point la vérité, il la découvre; il n'invente ni la beauté, ni la justice,
elles se révèlent à son âme, comme les con-
ceptions de la métaphysique, spontanément,
dans l'aperception des phénomènes, dans les
rapports des choses. Le fonds intelligible de
la nature, de même que son fonds sensible,
est hors de notre domaine : ni la raison ni la
substance des choses ne sont de nous ; cet
idéal même que nous rêvons, que nous pour-
suivons et qui nous fait faire tant de folies,
mirage de notre entendement et de notre
cœur, nous n'en sommes pas les créateurs,
nous n'en sommes que les voyants. Voir, à
force de contempler ; découvrir à force de

chercher; brasser la matière et la modifier
d'après ce que nous avons vu et découvert :
voilà ce que l'économie politique appelle produire. Et plus nous approfondissons la chose,
plus nous nous convainquons que la similitude
entre la production littéraire et la production
industrielle est exacte.

Nous avons raisonné de la qualité du produit : parlons de la quantité. Quelle peut être
l'étendue de notre puissance productive, et
conséquemment quelle est l'importance, la
mesure de notre production ?

A cette question l'on peut répondre, d'une
manière générale, que notre production est
proportionnelle à nos forces, à notre organisation, à l'éducation que nous avons reçue, au
milieu dans lequel nous vivons. Mais cette
proportionnalité, qui peut exprimer une quantité considérable si on la considère dans
l'homme collectif, n'en exprime qu'une très-
faible dans l'individu. Dans la collectivité humaine et dans la richesse sociale, l'individu et
son œuvre sont des infiniment petits. Et cette
infinitésimalité du produit individuel est aussi
vraie de la production philosophique et litté-

raire que de la production industrielle, comme on va voir.

De même que le travailleur rustique ne retourne en moyenne qu'une surface bien petite du sol, ne cultive qu'un coin de terre, ne produit, en un mot, que son pain quotidien : de même le travailleur de la pensée pure ne saisit la vérité que lentement, à travers mille erreurs ; et cette vérité, en tant qu'il peut se vanter de l'avoir le premier découverte et marquée de son sceau, n'est qu'une étincelle qui brille un instant, et demain sera éteinte devant le soleil toujours croissant de la raison générale. Tout individualisme disparaît rapidement dans la région de la science et de l'art, en sorte que la production qui nous semblait devoir être le plus à l'abri des injures du temps, celle des idées, n'a pas, subjectivement parlant, plus de garanties que l'autre. L'œuvre de l'homme, quelle qu'elle soit, est comme lui, bornée, imparfaite, éphémère, et ne sert que pour un temps. L'idée, en passant par le cerveau où elle s'individualise, vieillit comme la parole qui l'exprime ; l'idéal se détruit aussi vite que l'image qui le représente ; et cette création du génie, comme nous l'appe-

lons avec emphase, que nous déclarons sublime, petite en réalité, défectueuse, périssa-
ble, a besoin d'être renouvelée sans cesse,
comme le pain qui nous nourrit, comme l'habit
qui couvre notre nudité. Ces chefs-d'œuvre
qui nous sont parvenus des nations éteintes et
que nous croyons immortels, que sont-ils? Des
reliques, des momies.

A tous les points de vue, la production industrielle et la production littéraire nous apparaissent donc identiques. Transportée dans
l'économie politique, la distinction de la matière et de l'esprit n'est propre qu'à entretenir
des prétentions orgueilleuses, à établir des
catégories de conditions auxquelles l'économie
politique est aussi contraire que la nature.
Ceci ne signifie pas cependant que les gens
d'esprit par spécialité ne soient pas plus *spiri-*
tuels ou spiritualisés que les hommes de chair
que leur profession met en contact perpétuel
avec la matière; cela ne prouve pas non plus
que la production artistique et littéraire ne
soit qu'une spécialité de l'industrie. Je me réserve d'établir ultérieurement le contraire. Je
dis qu'au fond, en ce qui concerne la richesse,
il n'y a pas différence de qualité entre les di-

verses catégories de la production ; et les partisans de la propriété littéraire parlent comme
moi. Et franchement, la distance, toujours au
point de vue économique, est-elle aussi grande
entre les uns et les autres qu'on paraît le
croire ? Un contemplatif a conçu une idée ; un
praticien s'en saisit et de ses mains la réalise.
A qui donner la palme ? Croit-on qu'il suffise
d'avoir lu dans un traité de géométrie les règles de la coupe des pierres, pour qu'elles
soient coupées ? Il faut encore manœuvrer le
marteau, le ciseau ; et ce n'est pas petite affaire, après que l'idée a été conçue par l'esprit,
de la faire passer à l'extrémité des doigts, d'où
elle semble s'échapper pour se fixer sur la
matière. Celui qui a son idée dans le creux de
sa main est souvent un homme de plus d'intelligence, en tout cas plus complet, que celui
qui la porte dans sa tête, incapable de l'exprimer autrement que par une formule.

§ 3. — Droit du producteur sur le produit. — Que l'idée
de prodction n'implique pas celle de propriété.

La chose, ou plutôt la forme, est produite : à

qui appartiendra-t-elle? Au producteur, qui
en dispose à sa guise et en aura la jouissance
exclusive. Encore un principe que je suis prêt
à signer des deux mains. Pas n'est besoin de
démonstration pour cela, messieurs Passy et
de Lamartine. Jamais je n'ai dit que le travail
fût le vol; au contraire... — Donc, concluent-
ils, le produit est la PROPRIÉTÉ du producteur.
Vous le reconnaissez; vous voilà pris par vos
aphorismes, convaincu par vos propres paroles.

Doucement, s'il vous plaît : je crois que
c'est vous-mêmes, messieurs, qui vous mysti-
fiez par votre fausse métaphysique et votre
grandiloquence. Permettez-moi d'abord une
petite observation; nous verrons après de
quel côté est le sophisme.

Un homme a écrit un livre : ce livre est à
lui, sans peine je le déclare, comme le gibier
est au chasseur qui l'a tué. Il peut faire de son
manuscrit ce qu'il voudra, le brûler, l'enca-
drer, en faire cadeau au voisin; il est libre.
Je dirai même, avec l'abbé Pluquet, que le
livre appartenant à l'auteur, l'auteur a la propriété du livre : mais pas d'équivoque. Il y a
propriété et propriété. Ce mot est sujet à des

acceptions fort différentes, et ce serait raisonner d'une manière bouffonne que de passer,
sans autre transition, d'une acception à l'autre,
comme s'il s'agissait toujours de la même
chose. Que diriez-vous d'un physicien qui,
ayant écrit un traité sur la lumière, étant propriétaire par conséquent de ce traité, préten-
drait avoir acquis toutes les propriétés de la
lumière, soutiendrait que son corps d'opaque
est devenu lumineux, rayonnant, transparent,
qu'il parcourt soixante-dix mille lieues par
seconde, et jouit ainsi d'une sorte d'ubiquité?
Vous diriez que c'est grand dommage, que
cet homme est bien savant, mais que malheu-
reusement il est fou. C'est à peu près ce qui
vous arrive, et l'on peut vous appliquer le mot
du gouverneur de Judée à saint Paul, *Multæ te
litteræ perdiderunt*, quand vous concluez de la
propriété du produit à la création d'une nouvelle espèce de propriété foncière. Au prin-
temps, les pauvres paysannes vont au bois
cueillir des fraises, qu'elles portent ensuite à
la ville. Ces fraises sont leur produit, par conséquent, pour parler comme l'abbé Pluquet,
leur propriété. Cela prouve-t-il que ces femmes
sont ce qu'on appelle des propriétaires? Si on

3.

le disait, tout le monde croirait qu'elles sont propriétaires du bois d'où viennent les fraises. Hélas ! c'est juste le contraire qui est la vérité. Si ces marchandes de fraises étaient propriétaires, elles n'iraient pas au bois chercher le dessert des propriétaires, elles le mangeraient elles-mêmes.

Ne passons donc pas si lestement de l'idée de production à celle de propriété, ainsi que l'a fait, en 1791, Chapelier, qui a introduit dans la loi cette confusion. La synonymie qu'on s'efforce ici d'établir est tellement peu justifiée, que l'usage s'est prononcé contre elle. Il est généralement admis, dans le langage vulgaire et dans la science que, si un homme peut cumuler en sa personne la double qualité de producteur et de propriétaire, ces deux titres diffèrent néanmoins l'un de l'autre et sont même fréquemment opposés. Certainement le produit constitue l'*avoir* du producteur, comme parlent les teneurs de livres ; mais cet *avoir* n'est pas encore du CAPITAL, encore moins de la PROPRIÉTÉ. Avant d'en arriver là, il reste du chemin à parcourir ; or, c'est ce parcours qu'il s'agit, non d'enjamber, comme le fait avec ses grands mots qui semblent des échasses

M. de Lamartine, mais d'éclairer et jalonner avec soin.

En deux mots, et pour revenir à notre comparaison, l'œuvre de l'écrivain est, comme la récolte du paysan, un produit. Remontant aux principes de cette production, nous arrivons à deux termes, de la combinaison desquels est résulté le produit : d'un côté, le travail ; de l'autre, un fonds, qui pour le cultivateur est le monde physique, la terre ; pour l'homme de lettres, le monde intellectuel, l'esprit. Le monde terrestre ayant été partagé, chacune des parts sur lesquelles les cultivateurs font venir leurs récoltes a été dite *propriété foncière*, ou simplement propriété, chose très-différente du produit, puisqu'elle lui préexiste. Je n'ai pas à chercher ici les motifs de cette institution de la propriété foncière, que mes adversaires n'attaquent point, et de laquelle ils se bornent à demander une contrefaçon. Ces motifs, d'un ordre fort élevé, n'ont rien de commun avec nos recherches actuelles. Je m'empare seulement de la distinction si nettement établie entre le produit agricole et la propriété foncière, et je dis : Je vois bien, en ce qui concerne l'écrivain, le produit ; mais où

est la propriété ? Où peut-elle être ? Sur quel
fonds allons-nous l'établir ? Allons-nous partager le monde et l'esprit à l'instar du monde
terrestre ? Je ne m'y oppose pas si on le peut
faire, s'il y a des raisons suffisantes de le faire ;
si, par elle-même, une semblable appropriation
ne soulève aucune répugnance, ne contient
aucune contradiction ; si, sous ce rapport,
l'opposition entre le monde physique, susceptible de partage et qui doit être partagé, et le
monde, intellectuel, incompatible avec l'idée de
propriété, n'est pas une des lois organiques de
la constitution humanitaire. Or, a-t-on répondu
à ces questions? Les a-t-on seulement posées?...
Serait-ce par hasard le produit même de l'écrivain, serait-ce le livre, conquête du génie,
qui, détaché du fonds commun intellectuel, va
devenir à son tour un fonds d'exploitation, une
propriété? Comment, par quels rapports so-
ciaux, par quelle fiction de la loi, en vertu de
quels motifs s'opérera cette métamorphose?
Voilà ce que vous avez à expliquer, ce que je
chercherai tout à l'heure, mais ce que vous ne
faites aucunement, lorsque vous passez sans
transition de l'idée de production à celle de
propriété. L'homme de lettres est producteur ;

son produit lui appartient : on vous l'accorde.
Mais, encore une fois, qu'est-ce que cela
prouve? Qu'on n'a pas le droit de le lui demander pour rien? Soit. Et après?...

Mais ici surgit une question nouvelle, qui
demande à être traitée à part.

§ 4. — De l'échange des produits. — Que la propriété ne
résulte pas des rapports commutatifs.

Puisque, pour établir la propriété littéraire,
on a dû commencer par démontrer la réalité
de la production littéraire, et que cependant la
première ne résulte pas de la seconde, il faut
supposer que cette propriété, si elle doit se
former, sera l'effet des rapports qui naissent
à la suite. Reprenons donc la question au
point où nous l'avons laissée, et suivons le
produit littéraire dans son évolution économique.

Toute richesse obtenue par le travail est à
la fois une production de force et une manifestation d'idée. Sortant des mains du producteur, elle n'est pas encore propriété; elle est
simplement produit, utilité, objet de jouissance ou de consommation. Or, la condition

de l'humanité serait bien malheureuse, si
chaque producteur était réduit à la jouissance
de son produit spécifique. Il faut que la jouissance se généralise, et qu'après avoir été producteur spécial, l'homme devienne possesseur
et consommateur universel. L'opération par
laquelle la consommation des produits est
généralisée pour chaque producteur est l'é-
change. C'est donc par l'échange que tout
produit ou service reçoit sa *valeur*; c'est par
l'échange que naît pour toutes les catégories
de la production l'idée de rémunération,
paiement, salaire, gage, indemnité, etc.

La propriété, j'entends toujours par ce mot
cette propriété foncière, domaniale, dont le
partage de la terre nous a donné une idée si
nette, et à laquelle il s'agit de créer un analogue dans l'ordre intellectuel; la propriété,
dis-je, que nous avons vue ne pouvoir sortir
de la production, peut-elle naître de l'échange?
C'est ce que nous avons maintenant à examiner.

Les lois de l'échange sont : que les produits
s'échangent les uns contre les autres; que
leur évaluation ou compensation a lieu dans
un débat contradictoire et libre, désigné par les

mots *offre* et *demande;* que, l'échange opéré,
chaque échangiste devient maître de ce qu'il
a acquis comme il l'était de son propre produit, en sorte que, la livraison faite et l'é-
change consommé, les parties ne se doivent
rien.

Ces lois sont universelles; elles s'appliquent
à toutes les espèces de produits et de services,
et ne souffrent pas d'exception. Les produits
de la pure intelligence s'échangent avec ceux
de l'industrie de la même manière que ceux-ci
s'échangent entre eux: dans les deux cas, les
droits et obligations qui naissent de l'échange
sont similaires. Et pourquoi cela ? Parce
que, comme nous l'avons observé plus haut,
§ 2, les produits de l'activité humaine sont
tous, au fond, de même nature et de qualité égale, consistant en une exertion de
force et une manifestation d'idée; et que tous,
depuis l'idée exprimée par la parole jusqu'à
la transformation ou au placement imposé à
la matière, sont des créations bornées, éphémères, imparfaites, dont le fonds est hors de
l'homme, et dont la moyenne proportionnelle
ne varie guère. Voilà ce qui fait que les produits de l'homme peuvent s'échanger, se ser-

vir mutuellement de mesure, en un mot se
payer.

Or, dans toute cette commutation, je ne
vois rien apparaître qui puisse faire de la
chose échangée un fonds productif de rente ou
d'intérêt, comme est la terre, en un mot une
propriété.

On peut diviser une opération d'échange
en une suite de moments distincts les uns des
autres, qui tous ont leur importance et engendrent parfois dans le commerce de graves
difficultés. Il y a la proposition ou l'offre,
qui tantôt précède, tantôt suit la demande; l'ap-
préciation ou marchandage, la convention, le
transport, la livraison, la reconnaissance de
la marchandise, la réception, le paiement.
Entre ces divers moments, qui amènent des
incidents de toutes sortes et sur chacun desquels on a écrit des volumes, impossible de
placer ni de concevoir un fait qui modifie l'idée
première, rien qui altère le titre de détenteur,
producteur ou acquéreur de la chose, et le
convertisse, de simple échangiste qu'il est, en
ce que nous entendons par propriétaire.

Nous arriverons plus bas à la question de
l'épargne et des capitaux, et nous nous de-

manderons, comme nous le faisons ici, si la
notion d'épargne ou de capital peut conduire
à celle de propriété. Pour le moment, nous
n'en sommes qu'à l'échange.

Je dis donc que, de même que l'idée de
production littéraire ne suffit point à justifier
la création d'une propriété littéraire, pas plus
que celle de production agricole ou industrielle n'eût suffi à légitimer la création d'une
propriété foncière, de même la notion d'é-
change n'y suffit pas davantage, et cela pour
deux raisons également péremptoires : la première est que l'œuvre échangée n'est toujours
qu'un produit, une chose fongible, consommable, le contraire de ce que nous appelons,
par un usage généralement admis, propriété,
c'est-à-dire fonds; la seconde, qu'après l'é-
change, l'objet n'appartient plus à celui qui
l'a créé, mais bien à celui qui l'a acquis : ce
qui laisse les choses *in statu quo*, et renverse
de fond en comble l'hypothèse d'une propriété
au bénéfice du producteur.

Ainsi les analogies tant invoquées, et maintenant reçues partout, de la production littéraire et de la production industrielle, loin de
conduire à l'idée d'une propriété quelconque,

nous en éloignent. C'est ce que devraient comprendre mieux que personne MM. Frédéric Passy et Victor Modeste, qui tous deux soutiennent, avec toute l'énergie dont ils sont capables, que la propriété n'est point une conséquence de l'action productrice, et que ceux-là sont des adversaires de la propriété, qui, comme M. Thiers, lui donnent pour principe le travail du prolétaire. Il est évident, et je suis de cet avis, que la propriété foncière a une autre origine ; qu'elle est supérieure, sinon antérieure au travail, et que c'est s'enferrer soi-même et tout compromettre que d'insister, comme font les perpétuistes, sur la qualité de producteur chez l'homme de lettres, pour en déduire celle de propriétaire.

Nous sommes entre producteurs de spécialité diverse ; ces producteurs font échange de leurs produits : mais rien dans cet échange qui suggère l'idée ni fasse naître le droit d'une propriété foncière ou domaniale. La possession, c'est le terme propre, quand on parle du droit du producteur et de l'échangiste sur le produit, commence pour chacun avec le produit, rien de plus, rien de moins, et finit à l'échange. *Do ut des,* je vous donne, afin que

vous me donniez: donnez-moi une leçon d'é-
criture, de calcul ou de musique, et je vous
donnerai des œufs de mes poules, une pinte de
mon vin, des fruits que j'ai cueillis, du beurre
ou du fromage de mon troupeau, à votre
choix. Chantez-moi votre poëme, racontez-
moi votre histoire ; enseignez-moi vos procédés, votre industrie, vos secrets, et je vous
logerai, vous nourrirai, vous défrayerai pendant une semaine, un mois, un an, pendant
tout le temps que vous serez mon instituteur.
Les produits et services échangés, que se
passe-t-il? Chacun des échangistes fait son
profit personnel de ce qu'il a reçu, se l'assimile, le distribue à ses enfants, à ses amis,
sans que le vendeur ait droit de protester contre cette communication. A-t-on jamais entendu dire que les jeunes gens des deux sexes,
qui, de France, de Suisse ou de Belgique, vont
en Russie faire des éducations, stipulassent
pour eux et leurs hoirs, en sus de leurs appointements et gratifications, que les élèves
ne se feraient pas à leur tour précepteurs de
leurs compatriotes, attendu que le préceptorat
est la propriété du précepteur? Ce serait donner et retenir, ce qui est la destruction du

principe d'échange. A ce compte, les seigneurs russes qui font venir ces jeunes gens pourraient exiger aussi d'eux qu'après avoir terminé l'éducation entreprise et reçu le salaire convenu, ils devront consommer leurs émoluments sur les terres dudit seigneur, et ne pas transporter l'or russe en pays étranger, ce qui serait de toutes les idées la plus ridicule et certainement la moins acceptable. C'est pourtant quelque chose de pareil que rêvent les partisans de la propriété littéraire : nous verrons bientôt sur quel prétexte.

En résumé, tout ce qui, produit de la pensée pure ou de l'industrie, entre dans le commerce, est réputé, non pas fonds ou propriété, mais chose fongible, consommable intégralement par l'usage, et ne reconnaît d'autre maître que celui qui l'a produit ou remboursé par un équivalent. Il en est autrement de la propriété. Le fonds de terre n'est point le produit de l'homme ; il n'est pas consommable, et la propriété peut en être attribuée à tout autre que celui qui le façonne. Rien de plus clair que cette distinction : l'argumentation des monopoleurs la suppose, alors même qu'elle est inhabile à l'exprimer : et tout leur talent consiste à brouiller les idées, à confondre les notions, à faire naître des équivoques, et à tirer des conclusions sans rapport avec les prémisses.

§ 5. — Difficultés particulières à l'échange des produits intellectuels.

Ce qui a dérouté les esprits est, d'un côté, l'hétérogénéité apparente qui existe entre les diverses catégories de la production ; d'autre part, l'imperfection des procédés d'échange, et par suite du droit communicatif.

Entre le berger qui produit du beurre, de la viande, de la laine, et le manufacturier qui fabrique de la toile, des chapeaux, de la chaussure, l'échange semble facile autant que naturel. Le travail de chacun est ici incorporé dans un objet matériel, palpable, pesant, que l'on peut goûter, mesurer, éprouver, et dont la consommation est nécessairement bornée à la personne de l'acquéreur et à sa famille. Estimation, tradition et soulte ne donnent aucun embarras. Aussi, la législation en cette matière est ancienne et précise.

Mais entre ces produits et l'œuvre de génie qui est une idée, idée que la consommation

4.

semble, au premier abord, laisser toujours entière, et dont la communication, faite premièrement à un seul, peut se répandre à l'infini sans l'intervention du producteur, l'échange ne paraît plus d'une pratique aussi sûre ; le législateur hésite, et plus d'une fois les intéressés ont crié, celui-ci à l'exagération, celui-là à l'ingratitude. De tout temps le commerce a été plein d'iniquité : le juif, qui depuis trois mille ans se livre au trafic, a-t-il appris à distinguer l'échange de l'agiotage, le crédit de l'usure? Les travailleurs de l'idée pure se plaignent d'avoir été mal servis; et les serfs de la glèbe les a-t-on traités à l'eau de rose?... Examinons donc les choses de sang-froid; et, parce que la prévarication abonde, n'abjurons pas le sens commun.

Je commence par les cas les plus simples ; j'arriverai ensuite aux plus difficiles.

Un médecin est appelé auprès d'un malade : il reconnaît la nature de l'affection, prescrit un médicament, indique un régime. Pour cet office, l'usage est de régler les honoraires du médecin à tant par visite, payable après la convalescence ; en Angleterre, il reçoit le prix de ses visites à mesure qu'il les fait. Qu'a fourni le médecin? Un conseil, une ordonnance de quatre lignes, chose immatérielle, impalpable, sans rapport avec le prix payé. Telle prescription, donnée à propos, sauve la vie d'un homme et ne serait pas trop payée de mille francs; telle autre ne vaut pas la goutte d'encre qui a servi à l'écrire. Chacun comprend cependant que le médecin s'est dérangé, qu'il a dépensé son temps, qu'il a dû faire la route à pied, en cabriolet ou à cheval; qu'avant d'être médecin et d'avoir une clientèle, il s'est livré à de longues études, etc. Tout cela exige une indemnité ; quelle sera-t-elle? Aucun compte ne pourrait l'établir avec exactitude. On sait seulement qu'elle se détermine en raison composée des frais faits par le médecin pour son éducation et ses courses, du nombre des malades, de la concurrence que lui font ses confrères, et de la moyenne de consommation ou de bien-être des familles qui habitent la localité. En somme, et bien qu'il n'y ait pas échange de matières, il y a échange de valeurs : c'est pourquoi les soins du médecin qui sauve la vie à son malade comme de celui qui a le malheur de le perdre s'acquittent en numéraire et au même taux.

Le professeur, qui court, comme on dit, le cachet, est rétribué de la même manière et d'après les mêmes considérations que le médecin.

Or, remarquons que, la leçon donnée, la consultation écrite, la personne qui les a reçues en fait ce qu'elle veut. S'il plaît à l'élève de transmettre à un autre ce qu'il a appris, au malade d'indiquer à un autre malade le remède qui l'a guéri, rien ne le défend ; ni le professeur ni le médecin ne feront un procès pour cela. Si l'exercice de la médecine est interdit aux individus non munis de diplôme, c'est par raison de police et dans l'intérêt de l'hygiène publique, nullement pour cause de privilège. Tout le monde peut suivre les cours de la Faculté et arriver au doctorat. En un mot, le principe inhérent à l'échange, savoir que l'objet livré devient la propriété de celui qui le reçoit, ce principe reçoit ici, comme ailleurs, sa pleine et entière exécution.

A l'égard du professeur d'Université, le procédé est un peu différent : l'État lui assigne des appointements annuels, ce qui revient absolument au même. Il y a, me direz-vous, une loi qui défend à qui que ce soit de repro-

duire ses leçons. J'admets cette précaution de
la loi, qui ne veut pas que la pensée du professeur soit mutilée, falsifiée ou travestie, par
des auditeurs inintelligents ou malveillants.
Le professeur est responsable de son enseignement : à lui, par conséquent, de présider à
l'impression. Hors de là, le bénéfice que retire
le professeur de ses leçons publiques, en sus
de ses appointements, doit être considéré, en
principe, comme double emploi. C'est une
tolérance qui peut être motivée par la modi-
cité du traitement, par le désir d'exciter le
zèle du professeur, etc. Je ne discute pas ces
motifs : je dis que ce bénéfice de publication
constitue pour le professeur un supplément
d'honoraires, faute de quoi il faudrait y voir
une infraction à la règle de commerce, qui ne
permet pas que la même marchandise soit
payée deux fois. Quelle induction tirer de là
pour la création d'une rente littéraire perpétuelle ?

Le magistrat, l'ecclésiastique, l'employé
d'administration, sont traités sur le même
pied. Eux aussi sont des producteurs intellectuels ; et c'est afin de relever le caractère de
leurs fonctions, qu'il répugne de confondre

avec les travaux serviles de l'industrie, qu'on
a inventé les termes d'appointements, honoraires, indemnités, etc., qui tous, ni plus ni
moins que celui plus humble de salaire, indi-
quent une seule et même chose, le *prix* du
service ou produit.

Souvent l'État accorde à ses anciens serviteurs une pension de retraite. Cette pension,
essentiellement viagère, doit être encore regardée comme partie intégrante de la rétribution, conséquemment elle rentre dans la règle.
En tout cela, je le reconnais, l'abus se glisse
aisément ; mais l'abus ne fait pas disparaître le
principe, il le prouve. Au fond, c'est toujours
la législation de l'échange qui nous régit ; et
que nous dit cette législation ? Offre et demande, libre débat, convention synallagma-
tique, dont la base est produit pour produit,
service pour service, valeur pour valeur ; puis,
la tradition effectuée, la reconnaissance opé-
rée, l'acceptation faite, *quittance*. Notez ce
mot : l'échange consommé, les parties sont
quittes l'une envers l'autre : chacune emporte
sa chose, en dispose de la manière la plus absolue, sans redevance, et en toute souveraineté.

Passons à l'écrivain. D'après ce qui vient d'être dit, il est clair que, si l'écrivain était fonctionnaire public, sa rémunération n'offrirait pas la moindre difficulté. Il serait traité comme le professeur d'Université, comme le magistrat, l'administrateur, le prêtre, qui tous font comme lui œuvre de génie; qui souvent, sans rien écrire, dépensent plus d'éloquence, de savoir, de philosophie, d'héroïsme, que celui qui met ses rêveries dans des vers, des dissertations écrites, des pamphlets ou des romans. A cet égard, toute distinction entre ces divers services ou produits serait impertinente, injurieuse. Cependant l'hérédité a été abolie dans la magistrature et la sacerdoce, de même que dans l'industrie ; plus de maîtrises ni de jurandes; les traitements sont annuels, complétés, s'il y a lieu, par une pension de retraite, et les emplois mis au concours, de même que l'industrie livrée à la concurrence. Salarié de l'État, l'homme de lettres perdrait donc, *ipso facto*, par sa qualité de salarié, en vertu du contrat de louage d'ouvrage qui le lierait à l'État, la propriété de ses œuvres, échangées par lui contre un traitement fixe, lequel embrassant la vie entière exclurait le supplément de pension. — En France le clergé, salarié de l'État, mais médiocrement appointé, perçoit en outre un *casuel*, et il s'en plaint; les professeurs touchent une indemnité pour les examens, les académiciens ont des jetons de présence. Il serait bien de faire disparaître tous ces *bonis*, reste de nos vieilles mœurs, où les notions économiques étaient peu exactes, où le juge recevait des *épices* et le clergé jouissait de *bénéfices*; où le noble cumulait avec le privilége des armes celui de la propriété, tandis que le cultivateur demeurait à toujours mainmortable et corvéable; où la liste civile du prince se confondait avec le trésor public; où la production, enfin, était servitude, et l'échange escroquerie mutuelle.

§ 6. — Liquidation des droits d'auteur.

Reste donc l'écrivain indépendant, celui qui n'est ni professeur, ni fonctionnaire, ni prêtre; qui jette son idée aux vents, sur des feuilles de papier où elle a été couchée par un imprimeur en caractères moulés. Comment se réglera sa rémunération ?

Les rois de France, qui les premiers accor-

dèrent des priviléges d'imprimer, nous l'ont
dit, et nous n'avons qu'à suivre la voie qu'ils
ont ouverte. L'auteur est un échangiste, n'est-
il pas vrai? Avec qui échange-t-il? Ce n'est,
en particulier, ni avec vous, ni avec moi, ni
avec personne; c'est, EN GÉNÉRAL, avec le
public. Puis donc que l'État, organe du public, n'alloue à l'écrivain aucun traitement,
— et je me hâte de dire que je n'en réclame
pas pour lui, — il est clair que ledit écrivain
doit être considéré comme entrepreneur de
publicité, à ses risques et périls ; que ses publications sont, au point de vue commercial,
chose aléatoire ; qu'en conséquence il se forme
entre lui et la société un contrat tacite, en
vertu duquel l'auteur sera rémunéré, à for-
fait, par un privilége temporaire de vente.
Si l'ouvrage est très-demandé, l'auteur ga-
gneras gros; s'il est rebuté, il ne recueillera
rien. On lui accorde trente, quarante, soixante
ans pour faire ses frais. Je dis que ce contrat
est parfaitement régulier et équitable; qu'il
répond à toutes les exigences, qu'il ménage
tous les droits, respecte tous les principes, satisfait à toutes les objections. L'auteur, en un
mot, est traité comme tout le monde, comme

les meilleurs : sur quoi fondé prétendrait-il
être classé à part et obtenir, en sus de ce que
le droit commercial, la justice commutative, la
raison économique lui accordent, une rente
perpétuelle ?

Cette déduction est claire, et je défie qu'on
y montre l'ombre d'un sophisme. Reprodui-
sons-la encore une fois, en la résumant :

On sollicite le gouvernement de constituer
en faveur des écrivains une nouvelle propriété,
une propriété *sui generis*, analogue à la propriété foncière.

Je ne dis rien contre la propriété foncière,
établie sur des considérations à part, et qui
n'est ici mise en question par personne. Je
demande seulement sur quoi l'on fonde cette
analogie ?

Là-dessus les partisans de la rémunération
perpétuelle entament une dissertation écono-
mico-juridique dont le point de départ est que
l'écrivain est un producteur, et que, comme
tel, il a droit à la jouissance exclusive de son
produit. — J'admets l'assimilation ; mais je
remarque que l'idée de production et le droit
qui en résulte n'entraînent point dans leurs
conséquences la constitution d'une propriété,

dans le sens que l'usage vulgaire donne à ce
mot, et qui est aussi celui qu'on entend appliquer aux gens de lettres. Que l'écrivain ait le
droit de jouir seul de son manuscrit, si cela
lui plaît, sans en faire part : encore une fois
qu'est-ce que cela prouve ?

On me dit que tout produit ou service mérite récompense, ce qui signifie que, si l'auteur
présente son œuvre à la consommation, il a
droit d'en retirer, comme échangiste, un équivalent. J'accorde de nouveau la condition :
mais je fais observer à mes antagonistes que
l'idée d'échange, pas plus que celle de production, n'implique celle de propriété : et, suivant
toujours la chaîne des analogies, je démontre,
par les règles du commerce, par les principes
de la justice commutative, que l'écrivain à qui
l'on accorde un privilége temporaire pour la
vente de ses œuvres est payé. On veut que ce
privilége, de temporaire, devienne perpétuel.
C'est absolument comme si la paysanne dont
j'ai parlé, à qui l'on offre 50 centimes de son
panier de fraises, répondait : Non, vous me
paierez tous les ans, à perpétuité, à moi et à
mes héritiers, 10 centimes ; — comme si le
producteur de blé, de viande, de vin, etc.,

déclinant le paiement de sa marchandise, voulait en remplacer le prix par une rente perpétuelle. Ce serait, comme Jacob, exiger un droit d'ainesse en échange d'un plat de lentilles. A ce compte, il n'y aurait bientôt plus de commerce, chaque famille devant produire tout pour elle-même, à peine de se voir bientôt écrasée, par le fait de ses échanges, sous une infinité de redevances. L'absurdité saute aux yeux.

A-t-on du moins un prétexte plausible pour exiger en faveur des producteurs artistiques et littéraires, et par exception à toutes les autres catégories de producteurs, cette perpétuité de tribut? Non : on n'allègue rien. Ce que réclament les perpétuistes est un don purement gratuit, qui ne s'appuie sur aucune considération tirée soit de la dignité des auteurs et artistes, soit de l'excellence de leurs produits, et qui, par conséquent, sort tout à fait de la règle. Pourquoi cette espèce de pensionnat éternel à des producteurs dont les œuvres, expression de l'individualité et du moment comme toutes les espèces de produits, sont bornées par nature, imparfaites, fragiles, précaires, éphémères? Ne sait-on pas que les créations de la pensée pure, comme celles de l'industrie, s'usent rapidement, effacées par le mouvement incessant de la pensée générale, absorbées et transformées par d'autres œuvres? La durée moyenne d'un livre n'est pas de trente ans : au delà de ce terme il ne répond plus à l'état des esprits, il est débordé, il a fait son temps; on cesse de le lire. Quelques-uns, l'imperceptible minorité, surnagent à travers les générations, mais comme monuments des langues, témoignages de l'histoire, objets d'archéologie et de curiosité. Qui est-ce qui lit Homère et Virgile? C'est toute une étude de les comprendre et d'en sentir les beautés. On a essayé de jouer les pièces d'Eschyle et de Sophocle : cela ne réussit pas. La Bible, en passant des Israélites aux Chrétiens, a été, pour ainsi dire, travestie. Tout récemment nous avons vu finir Béranger; dans quelques années on ne parlera ni de Lamartine, ni de Victor Hugo. Ils resteront, comme des milliers d'autres, dans la mémoire des curieux érudits : ce sera leur immortalité.

Si telle est, me dira-t-on, la durée des œuvres de l'esprit, quel inconvénient trouvez-vous à accorder aux écrivains un privilége perpétuel ?

Les inconvénients que je trouve à cette concession sont graves et de plusieurs sortes. D'abord, la perpétuité est injuste ; elle viole la loi de l'échange qui veut, autant que possible , que chaque produit soit payé par un équivalent. Aller au-delà , c'est consacrer le parasitisme . l'iniquité. Puis, cette perpétuité serait un abandon du domaine public, qui, au lieu de profiter du travail intellectuel des particuliers , en serait positivement amoindri. Enfin, chose que les perpétuistes n'aperçoivent pas, si le privilége de vente était accordé aux auteurs à perpétuité, il en résulterait que la durée des œuvres littéraires, au lieu de suivre son cours normal , serait artificiellement et indéfiniment prolongée par le fait même du privilége, qu'elle deviendrait par conséquent un obstacle à la production d'œuvres nouvelles, et cela au grand préjudice du progrès. Je n'ai plus rien à dire sur la première de ces propositions, à savoir la violation des principes de l'échange : je reviendrai sur les deux autres dans la troisième partie de ce travail.

§ 7. — Réponse à quelques difficultés.

Qu'on me permette, avant d'aller plus loin, de dissiper quelques doutes provenant de la fausse terminologie employée tant par les partisans de la propriété littéraire que par ceux qui la combattent. Ces détails, je le sais, sont fastidieux ; on les a rendus nécessaires.

Les deux points principaux à noter ici sont, 1º qu'entre l'auteur et le public il y a *échange* ; 2º que, par le fait de cet échange, le public est saisi de l'ouvrage et en devient, sauf paiement, propriétaire. Dès lors tout s'éclaircit ; les nuages accumulés par la discussion s'évanouissent.

Pour établir son idée d'une propriété intellectuelle, l'abbé Pluquet compare l'œuvre du génie à un FONDS défriché par l'auteur, et dont la *communication* qu'il fait ensuite au public est la RÉCOLTE. — On voit quelle absence de logique, et même de grammaire, règne chez cet écrivain. L'œuvre du génie n'est pas un fonds, mais un produit, ce qui est tout différent. La communication n'est pas une récolte,

c'est le fait même de l'échange, ce que les jurisconsultes appellent *tradition*, les gens de
commerce *livraison*, justement l'acte par
lequel l'auteur se dessaisit de son œuvre. Le
prix viendra après : il est absurde de donner
à ce prix le nom de récolte, à moins qu'on ne
dise que le prix d'un sac de blé est la récolte
donnée par le blé, ce qui serait confondre les
notions et les choses. La terre labourée et en-
semencée a donné pour récolte le blé ; et le
blé, porté à la halle et vendu, a reçu son prix :
voilà les faits. De même un homme qui explore
les champs de la pensée en tire un produit qui
est son livre ; et ce livre, publié par la voie de
la presse et acheté, procure à l'auteur sa
rémunération.

D'autres, reprenant le galimatias de Pluquet
et persistant à regarder l'œuvre littéraire
comme un champ, appellent *fruits* de ce
champ les copies ou exemplaires qu'en tire
l'imprimeur. Or, disent-ils, tout propriétaire
foncier *fait les fruits siens*; donc, etc. ; ce qui
est reproduire sous une autre forme l'absurdité
de Pluquet. L'œuvre de l'auteur est une pensée, plus ou moins développée, et qui existe
en lui indépendamment de l'imprimerie, de

l'écriture, je dirais presque de la parole elle-
même. Le discours, dans lequel cette idée se
formule ; le papier, les caractères au moyen
desquels ce discours, pensé d'abord, puis
parlé, est fixé et rendu visible aux yeux, ne
sont pas les petits de l'idée, des fruits qui
sortent d'elle, mais des *moyens de manifestation*, dont elle se sert. C'est un produit étranger
qui vient ici au secours de l'auteur, à peu près
comme la sage-femme vient en aide à la
femme qui accouche. Cela est si vrai, que le
produit de l'imprimeur, le produit auxiliaire,
non responsable, est payé par l'auteur ou par
son éditeur préalablement au travail de l'auteur même.

M. Victor Modeste, poursuivant cette analogie fausse du produit littéraire avec un
FONDS, se récrie contre l'expression de *salaire*,
dont quelques adversaires de la perpétuité
s'étaient servis mal à propos pour définir le
droit d'auteur. Il dit que l'auteur n'est aux
gages de personne : qu'il n'y a point ici louage
d'ouvrage ; qu'il ne crée pas sur commande ;
que, par conséquent, l'expression de salaire est
inexacte et donne une fausse idée de la chose.
Soit : rejetons le mot de salaire, qui ne pour-

rait s'employer que dans le cas où l'écrivain
serait déclaré fonctionnaire public, et disons
simplement que l'auteur est un producteur;
qu'en conséquence, il a droit de recevoir, pour
la communication de son ouvrage, une rémunération. Qu'est-ce que gagnera à cela M. Victor Modeste? Produit pour produit, service
pour service, idée pour idée, valeur pour valeur : nous restons toujours dans le droit
commutatif, hors de la sphère de la propriété.

Contre la perpétuité des droits d'auteur,
quelques-uns ont fait valoir l'*utilité publique*.
Argument malheureux : si la perpétuité des
droits de l'écrivain pouvait résulter de sa qualité de producteur, comme ont essayé de le
soutenir les partisans de la propriété littéraire,
il n'y aurait utilité publique qui tînt, il faudrait reconnaître préalablement la propriété,
puis dédommager l'auteur par un équivalent.
L'utilité publique n'a rien à voir ici, mais
bien le droit public. L'œuvre littéraire, par le
fait de la publication, est entrée dans le domaine de la publicité, c'est-à-dire qu'elle fait
partie désormais de l'avoir collectif, sauf liqui-

dation, par les principes de l'échange, des droits de l'écrivain.

Le rapporteur de la loi de 1791, Chapelier, est tombé dans une erreur analogue, quand il a dit que, « *Le privilége de vente expiré, la propriété du public commençait.* » C'est toujours méconnaitre la nature du contrat de vente et d'échange, et en particulier celui qui est censé formé entre l'auteur et le public. En toute vente ou échange, la propriété de l'acquéreur commence à la livraison ou réception de la marchandise, alors même que le paiement n'aurait lieu que longtemps après ; or, en fait de livres, la livraison a lieu au moment de la publication, conséquemment la propriété du public commence avec elle. Ne confondons pas, comme l'a fait Chapelier, ces deux choses: la propriété de l'œuvre littéraire et le droit d'en débiter des exemplaires. La première a pour objet le contenu du livre : elle finit pour l'auteur et commence pour le public à la mise en vente. Quant au privilége, qui n'est autre chose qu'une garantie de rémunération donnée à l'auteur et qui n'intéresse que ceux qui font le commerce des livres, il finit également pour l'auteur et commence pour tous les li-

braires à l'expiration du délai fixé par la loi.
Cette prise de possession par le public d'un
ouvrage qu'il paie, semble, aux défenseurs de
la propriété littéraire, une usurpation. Après
avoir dit que la communication du manuscrit
est la récolte de l'auteur, l'abbé Pluquet prétend que cette communication, propriété exclusive de l'auteur, ne peut sans sa permission
être faite par les personnes qui l'ont reçue de
lui à d'autres personnes. Une semblable communication, ajoute M. Laboulaye père, serait
un vol ; ce serait moissonner dans le champ
d'autrui... Ils n'en reviendront jamais. Ne confondons pas ici confidence avec communication.
Tant que l'œuvre est inédite, ceux à qui l'auteur en confie le secret ne pourraient, sans
manquer à l'honnêteté et à la justice, le divul-
guer. Mais si la communication a été payée, si
un seul exemplaire a été vendu, il y a publication. Le prix payé implique pour l'acquéreur
droit d'user, de jouir, de faire part, de citer,
de donner lecture. Défendrez-vous à l'amateur
qui vient de payer un livre, de réunir chez lui
une douzaine d'amis, de faire des lectures, de
prêter et de faire circuler son volume? Il faudrait aller jusque-là, si l'on suivait jusqu'au

bout le raisonnement de ces acharnés propriétaires. A Paris, il n'est pas rare que les ouvriers se réunissent pour se procurer en commun un ouvrage que leurs moyens ne leur permettent pas individuellement d'acheter. Ces sociétés en communication d'écrits seront-elles poursuivies comme attentatoires à la propriété des auteurs?

Ici, les adversaires de la propriété littéraire tombent dans un autre excès. On a dit que le contrefacteur, en réimprimant un livre, ne faisait qu'user de sa chose. En principe, cela est vrai. Tout le monde a le droit de communiquer, prêter, copier un livre qu'il a acheté, et d'en distribuer des copies. Dans la pratique, il faut attendre l'expiration du privilége de l'auteur, parce qu'agir autrement serait frustrer l'auteur de sa rémunération légitime.

A ce compte, dira-t-on encore, si la propriété d'un écrit passe de l'auteur au public le jour de la publication, l'auteur ne peut plus faire de son ouvrage ce qu'il voudra; il n'a plus le droit de le corriger, de le modifier, de l'étendre, de le réduire, puisque ce serait porter atteinte à la chose publique.

Cette objection, très-chatouilleuse pour l'a-

6

mour-propre des auteurs, n'est pas plus difficile à résoudre que les autres : ce n'est pas
même, à vrai dire, une objection. On peut ad-
mettre que, pendant toute la durée de son
privilége, il sera facultatif à l'auteur, dans les
éditions subséquentes, de se rectifier lui-même,
de s'amender, de se rétracter même, de perfec-
tionner son œuvre et de l'enrichir. Mais il n'est
plus maître de la supprimer; car, je le répète,
d'une part, au point de vue commercial, le
public est saisi; de l'autre, en ce qui concerne
la sincérité de l'œuvre, la bonne foi des communications, la probité littéraire, l'auteur ne
peut plus faire que ce qu'il a dit une fois il ne
l'ait pas dit; que ce que le public a lu n'ait
pas été lu; que les lecteurs n'en aient pas pris
note, ne se le soient approprié et ne conservent
ainsi le droit de le représenter au besoin à
l'auteur, malgré ses dissimulations et rétracta-
tions [1].

---

[1] Ici, je puis citer un arrêt de la Cour impériale qui
m'est personnel. J'avais publié, en 1836, anonyme, un
opuscule de grammaire générale faisant suite aux *Éléments primitifs* de Bergier. L'ouvrage resta en presque
totalité invendu. Plus tard, sur de nouvelles études,
jugeant mon premier essai défectueux, je résolus d'en

Si l'écrivain, dont l'œuvre a reçu commencement de publicité, n'a plus, en principe, le droit de la retirer, à plus forte raison un pareil droit ne saurait-il appartenir à ses héritiers. A cet égard, l'argumentation des défenseurs du domaine public exige un nouveau redressement. Une des raisons, selon eux, qui doivent faire rejeter le principe de la propriété littéraire, c'est que les familles, par des considérations ou des intérêts étrangers à

faire le sacrifice, et je vendis à l'épicier ce qui me restait de l'édition. Un libraire racheta ces exemplaires et, en 1852, les mit en vente avec mon nom. C'était mon œuvre, assurément, je ne le niais pas. Mais cette œuvre, je ne l'avais pas d'abord signée, parce que je n'en étais pas sûr, que je ne la publiais que sauf révision ultérieure et amendement, et j'avais eu tout lieu de me féliciter de cette discrétion. Pourquoi donc vendait-on, sous mon nom et sans mon aveu, une œuvre que j'avais refaite, que je me réservais de rééditer moi-même, et de laquelle j'attendais le dédommagement de la perte que m'avait causé mon premier essai? Certes, je pouvais me dire lésé, et comme auteur et comme éditeur. Le tribunal de commerce de Besançon me donna gain de cause; mais la Cour, considérant les choses à un autre point de vue, et appréciant les faits en toute souveraineté, en jugea autrement. Elle se laissa dire que le procès avait été intenté par moi à mauvaise

l'auteur, pourraient anéantir ou mutiler ces
ouvrages. Ce raisonnement, de même que
celui tiré de l'utilité publique, est vicieux;
car si la propriété est de droit, si elle est
transmissible, rien ne peut venir la limiter, ni
dans la personne de l'auteur, ni dans sa famille. Mais il est clair que les légistes dont je
parle ont vu la chose au rebours de ce qu'elle
est; ce n'est point parce que la famille pourrait abuser de la propriété et détruire l'œuvre

intention; que ce n'était point l'amour de la vérité,
mais le désir de faire disparaître des pages compromet-
tantes pour mon amour-propre, qui me dirigeait; qu'on
ne devait pas souffrir qu'un écrivain pût ainsi mentir au
public, etc. A quoi je répondis que le libraire n'avait
qu'à attendre ma nouvelle publication; qu'alors il
aurait tout loisir de comparer les deux ouvrages, de
faire ressortir les passages accusateurs, et de me reprocher publiquement, s'il y avait lieu, ma mauvaise foi.
Ces observations furent jugées spécieuses, et l'on dé-
bouta le *sophiste*. La Cour, je le répète, avait raison
sur un point : c'est que la pensée de l'écrivain, publiée
par lui, est devenue propriété publique. Mais le moment
n'était pas venu de faire contre moi application de ce
principe, puisque j'avais moi-même à faire une nouvelle
édition, que mon privilége d'éditeur était garanti par la
loi, et qu'en autorisant une publication que je désavouais,
on me causait un préjudice réel.

de l'écrivain, que cette propriété doit être rejetée. C'est au contraire parce que le public
est saisi et rendu irrévocablement possesseur,
en vertu de la publication; c'est parce qu'il y
a eu échange, que l'auteur et sa famille per-
dent la faculté de disposer souverainement du
livre, en compensation duquel il est alloué
d'ailleurs un privilége de vente temporaire.

§ 8. — Du crédit et des capitaux. — Que les notions
d'épargne, capital, prestation ou commndite, ne
peuvent conduire à celle d'une propriété li téraire
analogue à la propriété foncière, ni donner lieu à une
rente perpétuelle.

Mais, me dira-t-on, votre théorie pèche par
la base; elle repose sur une assimilation inexacte. Ce qui se passe entre l'écrivain et le
public n'est pas un échange, comme vous le
dites; c'est plutôt un prêt. En effet, le produit
littéraire n'est pas de ceux qui se consomment
par l'usage, comme la plupart des produits
industriels; c'est un produit qui ne se consomme pas. La communication de ce produit
constitue, par conséquent, non une vente ou
un échange, mais une prestation. Or, à moins
de prétendre que le prêt doive être gratuit, ce

qui n'est pas de la pratique existante, reconnue légitime chez tous les peuples, il faut ad-
mettre que la publication d'une œuvre de
littérature, de science ou d'art, de même que
la prestation d'un capital, le louage d'une
maison, d'un navire ou d'une machine peut
donner lieu à un revenu perpétuel. Sans doute
l'écrivain est le maître de livrer pour rien le
fruit de son travail; on n'a jamais condamné
la libéralité ni le sacrifice. Sans doute encore
il a le droit de faire du produit de ses veilles
un objet d'échange, et, après avoir perçu vingt
ans, trente ans, ses droits d'auteur, de renoncer à l'usufruit et de lancer son livre dans le
domaine public. Mais ce sera de sa part un
acte gracieux, une véritable donation, en
l'absence de laquelle le bon sens et toutes les
analogies disent que le loyer, intérêt ou rente,
doit être payé, à perpétuité à l'écrivain.

Je ne veux point discuter ici la question du
prêt à intérêt ni de la gratuité du crédit : ce
serait soulever un nouveau scandale et faire
crier plus haut que jamais au sophisme. Je l'ai
dit autrefois à Bastiat : Je ne veux rien pour
rien; je reconnais que si mon voisin me rend
service, en me prêtant soit du grain, soit un

outil, il a le droit d'exiger un dédommagement.
Je demande seulement à n'être pas contraint de
payer intérêt quand je puis mieux faire ; j'ai le
droit de me passer de la commandite d'autrui,
si je puis subvenir à ma détresse par d'autres
moyens ; en tous cas, j'entends ne payer que
ce qui est juste. Telle est ma profession de foi
sur le prêt à intérêt. Ainsi, que les rentiers de
l'État, les actionnaires de grandes compagnies,
les capitalistes du Crédit foncier et du Crédit
mobilier, les constructeurs de maisons, etc.,
ne prennent pas l'alarme : je ne toucherai point
à leur droit, pas plus qu'à celui des propriétaires. Ce que je soutiens, c'est que la communication faite par l'auteur au public n'est
point une opération de crédit ; ce n'est, dis-je,
ni prêt, ni location, ni prestation, ni commandite ; c'est, comme je l'ai expliqué, purement
et simplement un acte de commerce, un
échange.

Tout est faux, illusoire, contraire aux principes de la science économique et à la pratique
des affaires dans l'argumentation de mes adversaires. C'est ce dont le lecteur n'aura pas
de peine à se convaincre, pour peu qu'il
suive le fil de mon raisonnement.

Et d'abord, on part d'une fausse hypothèse quand on dit que le produit intellectuel, ne se consommant pas par l'usage, ne peut donner lieu à un échange. Cela suppose en premier lieu que l'échange embrasse exclusivement dans sa spécialité les choses qui se consomment par l'usage, et le prêt celles qui ne se consomment pas. Or, l'un n'est pas plus vrai que l'autre : une prestation de vivres, par exemple, peut fort bien donner lieu à un intérêt; de même qu'une prestation de capitaux, terres et maisons, peut se convertir en un échange. Le blé, le vin, tout ce qui se consomme, peut faire la matière d'un prêt, *commodum* ; inversement, la terre et les immeubles, tout ce qui ne se consomme pas, peut faire la matière d'une vente, *venditio*. Toutes les législatures le reconnaissent. La consommabilité ou fongibilité du produit n'a donc ici rien à faire : elle n'est point par elle-même un signe que le contrat passé entre le producteur et le consommateur ou l'usager est un contrat de louage ou prêt, ou un contrat d'échange. Il faut d'autres indices, un autre diagnostic.

Et puis, est-il vrai de dire que le produit intellectuel est inconsommable de sa nature,

éternel? J'ai eu déjà l'occasion, § 2, de re-
marquer qu'il n'en est point ainsi : je ne puis
que reproduire, en autres termes, mon observation. Ce que l'homme produit du sien, dans
l'ordre de la philosophie et de l'art comme
dans celui de l'industrie, ce n'est ni la matière,
ni les idées, ni les lois. La matière est donnée
par la nature dans les corps, tant organisés
qu'inorganisés; l'homme n'en saurait créer ou
détruire un atome. Les idées et les lois sont
données à l'homme dans la contemplation des
choses; il ne peut en supprimer ou inventer
une seule. La vérité ne dépend pas de lui;
tout ce qu'il peut est de la découvrir pas à
pas, laborieusement; de la formuler de son
mieux, par la parole, l'écriture, les œuvres de
son art et de son industrie. Il est maître aussi,
à ses risques et périls, de n'en pas tenir
compte, de fermer les yeux sur elle, de la
proscrire : le mensonge et la sophistique sont
à lui; il saura bientôt ce qu'ils valent. Quant à
la beauté et à la justice, elles sont aussi indé-
pendantes de notre raison et de notre volonté
que la vérité et les idées : à cet égard nous
n'avons toujours que le choix ou de nous en
approcher par une étude incessante et un dé-

vœment absolu, ou de les nier par l'abandon
de toute dignité et de tout idéal. Nous sau-
rons alors ce qu'il en coûte de cultiver l'iniquité et la laideur, deux choses qui ont pour
dénominateur commun le péché.

Qu'est-ce donc encore une fois que l'homme
produit, s'il ne crée point la matière et la vie,
s'il ne fait pas ses idées, s'il ne peut pas s'attribuer à lui-même la révélation du beau et
du juste ; si sa plus grande gloire, en tout ce
qui concerne le travail de la pensée pure, est
de rendre exactement la vérité, sans erreur,
fraude ni surcharge ?

L'homme produit, dans la mesure de son
être borné, des mouvements et des formules,
les premiers ayant pour but de donner, par
une façon particulière, une utilité plus grande
aux corps ; les secondes servant d'approxima-
tion à la vérité et à l'idéal entrevus. Tout cela
essentiellement personnel, circonstanciel, par
conséquent transitoire, sujet à perpétuelle révision et de peu de durée. C'est ce que rend
sensible la destinée des œuvres de l'intelligence.

Quels sont les écrits qui semblent le plus à
l'abri des variations de l'opinion et du pro-

grès? Ceux qui traitent des sciences exactes,
géométrie, arithmétique, algèbre, mécanique.
Eh bien, les traités se renouvellent sans cesse;
il y en a presque autant que de professeurs, et
ce sont toujours les plus anciens qui sont le
moins en usage. Que veut dire ce renouvelle-
ment incessant? Que la vérité et la certitude
varient? Nullement : mais c'est que, pour la
même idée, pour la même vérité, pour la
même loi, il faut à chaque génération, que dis-
je? à chaque catégorie d'étudiants, une formule spéciale; ce qui signifie, en d'autres termes, qu'après dix, quinze ou vingt ans, l'œuvre
de l'écrivain est parfaitement consommée. La
forme est usée : l'œuvre a rempli son but;
elle a fait son service, elle est finie.

Il n'est donc pas exact de dire que le produit de l'écrivain est inconsommable, qu'il est
éternel, qu'en conséquence il oblige toute la
série des générations envers l'auteur. Ce qui
est éternel, je le répète, c'est la matière, ce
sont les idées. Or, ces choses ne sont pas de
nous. Pour que les idées devinssent des propriétés, pour qu'elles donnassent lieu à des majorats, à une aristocratie de la pensée, il faudrait, comme je l'ai dit plus haut, que le monde

intellectuel fût, à l'instar du monde terrestre, partagé ; il faudrait que ce partage fût possible, de plus justifié par des considérations qu'aucune jurisprudence ne saurait découvrir, et nous n'en sommes qu'à la pratique industrielle et mercantile, aux notions purement économiques de *production, échange, prix, salaire, circulation, consommation, prêt, crédit, intérêt*.

Ces observations faites, tant sur la consommabilité des produits intellectuels que sur la qualité des choses qui se prêtent, entrons dans la théorie du capital et du crédit, et faisons-en application à la production littéraire.

En premier lieu, le produit de l'homme de lettres, à l'instant où il entre dans la publicité, peut-être considéré comme *capital?*

Tout le monde sait ce qu'on entend par ce mot : c'est une masse de produits accumulés par l'épargne et destinés à la reproduction. Le capital par lui-même n'existe pas : ce n'est pas une chose nouvelle ; c'est un aspect particulier du produit, considéré dans l'emploi auquel on le destine. Ainsi, on appelle capital ou cheptel du fermier, les instruments aratoires, le bétail, les fourrages, graines, provisions, les effets de ménage, vêtements, linge, tout ce qui sert au travail et à l'entretien de la famille, en attendant la récolte. Le capital de l'artisan se compose des outils et matières premières dont il est assorti. Les maisons, machines, les travaux exécutés sur le sol, sont des capitaux. L'homme lui-même, en tant qu'il est considéré comme agent ou engin de production, est réputé capital. Un sujet mâle de 25 ans, valide, ayant appris un état, est évalué en moyenne 25,000 francs.

D'après cela, il n'est pas difficile de dire en quoi consiste le capital de l'écrivain. Ce capital se compose de ses études, de ses notes, des travaux qu'il a commencés, des matériaux qu'il a recueillis, de sa bibliothèque, de son portefeuille, de sa correspondance, de ses observations, de son habileté acquise par le travail, des moyens d'existence qu'il s'est assurés en attendant les rentrées que doivent lui procurer ses écrits. Tel est le capital de l'écrivain. Mais ce n'est pas là ce qu'il met dans la circulation; ce n'est pas ce qu'il offre au public, qui n'en aurait que faire. Le capital de l'écrivain, comme tout capital engagé, est chose à peu près invendable, incommunicable, qui ne vaut que pour celui qui la fait valoir, et qui, mise à l'encan, ne rapporte souvent pas dix pour cent de ce qu'elle a coûté. Au regard de l'écrivain, le livre publié n'est donc pas du capital; c'est bien réellement un produit.

Tournons-nous du côté du public. Le produit d'auteur, entrant dans la consommation générale, sera-t-il considéré comme capital? Je le veux bien : mais au compte de qui? De l'auteur ou du public? Nous venons de voir en quoi consiste, pour chaque catégorie de producteurs, le capital : c'est un ASSEMBLAGE, acquis par la voie du commerce ou de l'échange, d'instruments, d'outils, de matières premières, de subsistances, au moyen desquels le producteur accomplit son œuvre de reproduction. En un mot, c'est le fonds reproducteur. Le mot de capital ou fonds implique ici composition, accumulation, assemblage. Suivant les professions et industries, cet assemblage comprend un plus ou moins grand nombre d'articles. Tant que ces articles divers sont en la possession de leurs vendeurs respectifs, ils ne sont pas du capital : ils le deviennent postérieurement à l'acquisition du consommateur.

Mais alors ce n'est pas au profit de celui qui a produit et vendu la marchandise que le produit ainsi capitalisé porte intérêt; c'est au profit de l'acquéreur, qui porte cet intérêt dans ses frais de reproduction. Ainsi, que l'écrivain compte dans le prix qu'il doit retirer de ses ouvrages l'intérêt de l'argent qu'il dépense pour sa bibliothèque, pour ses voyages d'investigation, pour les collaborations dont il profite, il en a le droit : c'est l'intérêt de son propre capital. Mais qu'il réclame une redevance perpétuelle du public pour les livraisons qu'il lui a faites, sous prétexte que ses œuvres sont entrées dans le capital public, dans le domaine public, ce serait dérisoire. Oui, l'œuvre de l'écrivain est entrée dans le capital public : le produit individuel de l'individu fait partie de l'*avoir* collectif : mais c'est justement pour cela que ledit individu n'a rien à réclamer, si ce n'est le prix de son produit, la rémunération de sa peine. Ce n'est pas pour lui que l'*avoir* collectif produira intérêt, s'il y a intérêt produit, ce sera pour le public.

Toute notre argumentation subsiste donc : les conclusions auxquelles nous sommes arrivés par les notions de produit et d'échange se

retrouvent identiquement les mêmes dans l'a-
nalyse du capital.

On insiste : Pourquoi la théorie de la prestation ne serait-elle pas applicable aux œuvres de l'intelligence, aussi bien que celle de
l'échange ? Pourquoi la rémunération de l'é-
crivain, au lieu de s'exprimer par un prix une
fois payé, n'aurait-elle pas la forme d'un intérêt ? Vous admettez le principe de l'intérêt;
vous reconnaissez qu'il est applicable aux
objets de consommation, *mutuum*, aussi bien
qu'aux choses qui ne se consomment pas et
aux immeubles, *commodum*. Pourquoi, encore
une fois, ne pas préférer ce dernier mode de
rétribution, qui satisferait les amours-propres,
à l'autre, qui semble moins équitable et fait
crier ?

Entendons-nous : S'il ne s'agit que de remplacer une opération de vente et d'achat par
une opération de crédit, je ne m'y oppose pas.
Qu'est-ce que le crédit ? Un échange à long
terme, qui implique pour le prêteur, vendeur
ou traditeur une indemnité appelée intérêt,
mais qui suppose aussi pour l'emprunteur la
faculté de remboursement, ce qui exclut la

perpétuité de la dette et conséquemment celle de l'intérêt.

Ainsi le commerçant qui escompte ses effets de commerce paye à la Banque un intérêt. Rien de plus juste puisqu'il reçoit un service ; puisqu'en attendant le paiement de ses marchandises il a besoin de rentrer dans son capital, et que ce capital on le lui avance. Mais il est entendu que l'intérêt n'est dû par lui que jusqu'au jour où la Banque sera elle-même remboursée, jour fixé sur la lettre de change présentée à l'escompte.

Ainsi, le consommateur qui achète à crédit paye au vendeur un intérêt : c'est encore juste, puisque l'intérêt est la compensation du retard apporté au paiement. Le paiement effectué, l'intérêt cesse. Dans ce cas, comme dans le précédent, l'intérêt n'est pas cherché pour lui-même ; il n'est exigé que comme rémunération d'un service, prix d'un crédit momentané. La preuve, c'est qu'aucun banquier ne consentirait à renouveler éternellement les obligations de ses clients, et que ceux-ci renonceraient au commerce, ou feraient banqueroute tôt ou tard, s'ils ne subsistaient que de cette *circulation*.

7.

Ainsi encore l'emprunteur sur hypothèque paye intérêt, mais toujours avec l'espérance et la faculté de se libérer le plus tôt possible.

Ainsi, enfin, le créancier de l'État, comme l'actionnaire de chemin de fer, reçoit un intérêt : mais l'État conserve le droit de se libérer; mais les Compagnies ne sont formées que pour quatre-vingt-dix-neuf ans, et l'on regarde comme un malheur, comme un signe d'appauvrissement et de décadence, quand l'État au lieu d'amortir ses dettes les augmente; quand une Compagnie, au lieu de recouvrer avec bénéfice son capital dans le temps prescrit, n'en peut retirer que la moitié.

Partout vous trouvez que le crédit n'est qu'une forme de l'échange : si c'est ce que l'on demande pour la production intellectuelle, je n'ai rien à dire; il n'y a qu'à rester dans le *statu quo*. Mais qui ne voit qu'il s'agit ici pour les auteurs de tout autre chose ? C'est une rente perpétuelle que l'on sollicite, ce qui sort autant de la notion de crédit que de celle de production et d'échange.

Tous les prétextes échappent donc et se réfutent d'eux-mêmes. La prétention à une pro-

priété n'est fondée que sur une insigne jongle-
rie. Du moment que l'œuvre de génie est
classée juridiquement et scientifiquement
comme *produit*, elle n'a droit qu'à une rétribution définie, ce qui peut se faire de deux
façons, ou par des appointements viagers, ou
par un privilége de vente à terme. Exiger davantage ne serait plus ni du crédit ni de
l'échange, ce ne serait pas du commerce loyal :
ce serait pis que de l'usure, car l'usure a sa
fin comme l'intérêt ; ce serait créer un domaine de l'entendement, et faire le public,
l'État, la société, serfs de l'écriture, ce qui
serait pour eux cent fois pis que d'être serfs de
la glèbe.

§ 9. — Du domaine et de la personnalité. — Appropriation du monde intellectuel.

Admettons, toutefois, pour un moment, la
supposition d'une propriété intellectuelle. Il
s'agit de passer à l'application ; et je demande
où, avec quoi, pourrait se créer cette propriété ?

Ce n'est pas sur le produit de l'écrivain
qu'elle s'établirait : nous avons prouvé à sa-

tiété que l'idée de production n'implique aucunement celle de propriété: qu'ensuite le
produit, soumis aux lois de l'échange, offre et
demande, tradition, paiement, quittance, ne
peut devenir un fonds sur lequel se constitue-
rait une redevance perpétuelle.

Ce n'est pas non plus sur le capital de l'auteur que s'établirait cette propriété : ce capital, précieux pour l'écrivain, mais inutile au
public qui ne demande que le produit, est une
non-valeur impropre à l'objet que se proposent
les nouveaux propriétaires. Quant aux idées
de *crédit* et d'*intérêt*, dans lesquelles on voudrait chercher une analogie favorable à l'idée
d'une redevance perpétuelle, elles sont radi-
calement exclusives de cette perpétuité.

Que reste-t-il donc à faire ? C'est d'approprier le domaine spirituel, le monde des idées,
comme on a partagé et approprié le sol, le
monde de la matière. M. de Lamartine ne
tend à rien de moins que cela :

« Un homme dépense ses forces à féconder un champ
ou à créer une industrie lucrative. Vous lui en assurez
la possession à tout jamais, et, après lui, à ceux que le
sang désigne ou que le testament écrit. Un autre homme

dépense sa vie entière dans l'oubli de soi-même et de
sa famille, pour enrichir après lui l'humanité ou d'un
chef d'œuvre, ou d'une de ces idées qui transforment le
monde... Son chef-d'œuvre est né, son idée est éclose :
le monde intellectuel s'en empare ; l'industrie, le commerce les exploitent ; cela devient une richesse ; cela
fait des millions dans le travail et dans la circulation ;
cela s'exporte comme un produit naturel du sol. Et tout
le monde y aurait droit, excepté celui qui l'a créé, et la
veuve et les enfants de cet homme, qui mendieraient
dans l'indigence, à côté de la richesse publique et des
fortunes privées enfantées par le travail ingrat de leur
père !... »

M. de Lamartine prend les fanfares de son
éloquence pour des raisonnements. Chez lui
l'hyperbole, l'antithèse, l'exclamation et la
déclamation tiennent lieu de logique. On lui
demande une définition, il fait un tableau ;
une preuve, il atteste les dieux, il jure sur
son âme, il évoque des spectres, il pleure.
M. de Lamartine est un des écrivains contemporains qui ont tiré le plus d'argent de leur
faconde ; il a été rémunéré, en argent et en
célébrité, bien au delà de ses mérites, et il se
plaint de sa misère. A qui la faute ? La société
est-elle ingrate, parce qu'il ne sait pas mieux
se conduire que réfléchir ?

Je ne demande pas mieux que de combler

les vœux de M. de Lamartine, mais encore faut-il savoir au juste ce qu'il demande. Essayons de tirer au clair la pensée de ce grand assembleur de rimes.

On veut une propriété littéraire qui soit autre chose que la simple possession du produit intellectuel, ou le prix de ce produit ; une propriété qui soit au monde intellectuel et moral ce que la propriété terrienne est au monde industriel et agricole. C'est donc l'idée même, c'est-à-dire un coin du monde intellectuel et moral, et non pas simplement la formule ou l'expression donnée à cette idée, qu'il s'agit d'approprier. La comparaison entre l'homme qui défriche un champ et qui devient, avec la permission de la société, propriétaire de ce champ, et l'écrivain qui a conçu, couvé, fait éclore, développé une idée, le fait entendre clairement.

Mais d'abord, voici M. Frédéric Passy, un des champions les plus forcenés de la propriété littéraire, aussi ennemi des sophistes que M. de Lamartine, qui soutient, et M. Victor Modeste est de cet avis, et je me range à l'opinion de ces messieurs, que cette manière de légitimer le démembrement du domaine

commun et son appropriation par le travail,
est d'une souveraine injustice; qu'elle ne tend
à rien de moins qu'à faire condamner la propriété foncière, et que ceux qui défendent
une pareille opinion, qu'ils le sachent ou l'i-
gnorent, sont les plus grands adversaires de
la propriété. Je suis prêt à signer cette observation des deux mains; et, sur ce premier
considérant, je conclus à ce que M. de Lamartine soit déclaré mal fondé en sa demande.

En vertu de quel principe sera donc oc-
troyée la propriété littéraire, si la qualité de
producteur, de travailleur, d'élaborateur,
d'accoucheur de l'idée, — c'est M. Frédéric
Passy qui le dit et le démontre, — ne peut
être considérée comme un titre suffisant?
Sera-ce en vertu du bon plaisir du législateur?
Bossuet et Montesquieu, observe M. Victor
Modeste, avaient déjà prétendu que la propriété foncière n'avait d'autre fondement que
la loi, l'autorité du législateur. Mais on a
abandonné ce système, entaché de partialité,
d'arbitraire, et qui laisse sans réponse cette
question redoutable : Pourquoi le législateur,
en partageant la terre et octroyant la propriété, n'a-t-il pas fait les parts égales et pris

des mesures pour que, dans l'avenir, quel que fût le mouvement des populations, elles restassent égales? Certainement le législateur, en fondant la propriété, a eu ses motifs; il a obéi à des considérations d'ordre public; or, ce sont ces considérations que l'on ne comprend pas, en présence de l'inégalité des fortunes. Le principe de souveraineté, la puissance législative et juridique, insuffisante à légitimer une propriété terrienne, au moins d'après les modernes critiques, ne le serait pas davantage à légitimer une propriété intellectuelle. Et puis, quand il serait vrai que la propriété a pour fondement l'autorité législative, qui nous dit, encore une fois, que le législateur devrait se regarder comme lié par cette première constitution, et lui donner un pendant en créant une propriété littéraire? Qui nous dit que la propriété terrienne, le partage de la superficie terrestre, n'a pas précisément pour condition, corollaire et antithèse, l'indivision du monde intellectuel?

Quant au droit de première occupation ou de conquête, par lequel on a essayé d'expliquer aussi la formation de la propriété, il ne faut pas demander si nos économistes et ju-

risconsultes y souscrivent : ils le repoussent
avec indignation. L'idée d'un pareil droit était
digne de la barbarie des temps féodaux ; de
nos jours, elle ne trouverait personne qui
l'appuyât.

Quel fondement allons-nous alors donner à
la propriété foncière, type présumé de la
propriété littéraire, si ce fondement n'est ni
dans la loi, ni dans le travail, ni dans la conquête ou droit de premier occupant? Nous
avons besoin de le savoir ; car, tel aura été
trouvé le principe de la propriété foncière,
tel sera, d'après mes contradicteurs, le prétexte et le type de la propriété littéraire.

M. Frédéric Passy, qui a fort bien senti le
danger, pour la propriété foncière, et de la
théorie législative et gouvernementale, et de
la théorie utilitaire, et de la théorie conqué-
rante ; qui, sur tous ces points, s'est trouvé
d'accord avec le *sophiste*, a donc cherché ailleurs. Il s'est plongé dans les profondeurs de
la psychologie. Qu'a-t-il trouvé au fond de
ce puits? La vérité? Hélas! la déesse à la
nudité éternelle n'est pas faite pour les vieil-
lards de la synagogue de Malthus. M. Frédéric
Passy a découvert, par son analyse, que

l'homme est un être actif, intelligent, volontaire, libre, responsable, en un mot personnel;
qu'en raison de cette activité, de cette intelligence, de cette volonté, de cette liberté, de
cette responsabilité, de cette personnalité, il
tend fatalement à l'appropriation, à se poser
en souverain de tout ce qui l'entoure, et que
telle est l'origine de la propriété... — Pauvre
homme qui, à force de s'échauffer le cerveau
en creusant son trou psychologique, ne s'est
pas aperçu qu'il ne faisait que répéter en autres
termes ce que lui-même venait de réfuter chez
les théoriciens de l'appropriation par le travail,
par le gouvernement ou par la conquête.

Assurément l'homme est un sujet actif, intelligent, volontaire, responsable, tranchant
du maître, et, nonobstant cet orgueil, digne de
considération et de respect. Sa personne, tant
qu'il ne se permet à l'égard de ses semblables
aucune agression, est inviolable; son produit,
sacré. Mais de tout cela que pouvez-vous conclure? Ceci seulement, que l'homme a besoin,
pour déployer son être et manifester sa personnalité, d'une matière sur laquelle il agisse.
d'instruments, d'éducation, de crédit, d'é-
change et d'initiative. Or, c'est à quoi satisfait

pleinement la *possession*, telle que la définit
et l'interprète la jurisprudence, que la consacre
le Code civil, que l'ont compromise dès le commencement tous les peuples, et que la pratique
encore aujourd'hui la masse des Slaves. Cette
possession, qui sauve l'homme du communisme, l'économie politique peut s'en con-
tenter. J'ai montré que les théories de la reproduction, du travail, de l'échange, du prix,
de la valeur, du salaire, de l'épargne, du
crédit, de l'intérêt, ne demandent, ne suppo-
sent, n'impliquent rien de plus. Les relations
de cité et de famille, l'hérédité elle-même,
n'exigent pas davantage. Sans doute, l'économie politique ne repousse pas la propriété,
Dieu me garde de le dire ! Mais elle n'y conclut point, elle pourrait s'en passer; elle ne
l'a point faite, mais trouvée; elle l'a acceptée,
non appelée; à telles enseignes que les choses
se passeraient absolument de la même manière dans l'ordre économique si la propriété
n'existait pas, et que c'est la plus grande
question de notre siècle de savoir sur quel
fondement repose la propriété, pour quelle
fin elle a été instituée, et quelle est sa fonction
dans le système humanitaire.

Pourquoi donc, encore une fois, cette investiture, ou cette usurpation, ou cette création de notre spontanéité, comme l'on voudra? Car il est évident que, soit qu'on rapporte la propriété à la loi, soit qu'on la fasse dériver du travail ou de la conquête, soit enfin qu'on se contente d'y voir un effet de l'individualisme, des tendances de la liberté et de l'ambition, aucune de ces interprétations ne justifie, ne légitime historiquement et économiquement la propriété. La propriété existe, elle s'affirme; elle restera, je l'espère, à jamais invincible : mais il n'en est pas moins vrai que nous ne la connaissons pas; qu'elle n'est encore pour nous, comme la fédération à laquelle elle se rattache, qu'un fait d'empirisme; que ce que nous en savons de plus certain à l'heure où j'écris, c'est, ainsi que je l'ai démontré il y a plus de vingt-deux ans, que la profondeur de son institution jusqu'à présent nous échappe, que la philosophie n'en est pas faite, et que nos élucubrations, au lieu de l'éclaircir, la déshonorent. A quoi j'ajoute, à propos de la propriété artistique et littéraire à laquelle d'ineptes avocats l'assimilent, que loin de .réquérir, à titre de contre-fort, la

création d'une propriété intellectuelle, elle a
justement pour condition antithétique et pour
garantie l'indivision du monde de l'esprit.

Ici, mes adversaires juristes, économistes,
artistes et gens de lettres, convaincus d'ignorance autant que de cupidité, ne manqueront
pas de s'écrier en chœur que *j'attaque la propriété.* On attaque la propriété, selon ces messieurs, quand on prouve que, du seul chef de
leur production ils n'y ont pas droit, et que
l'extension qu'ils prétendent lui donner en
serait la condamnation. Manière d'intéresser à
leur cause la propriété terrienne, toujours en
alarmes, et qui n'a pas de plus grands ennemis
que ces pitoyables contrefacteurs.

Je ne connais pas de plus grande honte pour
une époque que cette horreur du libre examen
qui trahit bien moins le respect des institutions que l'hypocrisie des consciences. Quoi!
j'attaque la propriété, le droit des propriétaires, parce que je soutiens contre les économistes, qui se contentent de l'accepter
comme article de foi, qu'elle constitue le plus
grand problème de la science sociale, problème
d'autant plus difficile qu'elle semble reposer
uniquement sur un principe condamné par

8.

l'Évangile, l'égoïsme ! C'est donc attaquer la
divinité que de .dire que la démonstration de
l'existence de Dieu, proposée par Clarke, ne
démontre pas cette existence, ce dont convien-
nent les mystiques eux-mêmes ; c'est être pyr-
rhonien, nihiliste, que de soutenir que tout
raisonnement par lequel on essayerait de prouver la réalité de la matière et du mouvement implique pétition de principe et contradiction ; c'est blasphémer contre toute morale
et toute justice que de faire observer que jusqu'à présent elles ont eu pour unique appui la
religion et la foi, et qu'elles n'ont pas trouvé
leurs bases rationnelles ! Mais alors toute
science devient impossible, toute philosophie
impossible, toute politique honnête impos-
.sible.

Pascal, dans ses *Pensées*, commence par
abaisser l'homme, qu'il se propose d'exalter
et de glorifier plus tard. Dit on que Pascal,
développant la théorie du péché originel, est
ennemi de Dieu et du genre humain? C'est à
peu près ainsi que nous devons en user avec
la propriété : forcés de la rejeter, si nous n'en
considérons que le principe et les motifs tels
qu'ils sont donnés dans l'école, mais lui attri-

buant une raison supérieure et la défendant
en vertu de cette raison qui nous sera révélée
tôt ou tard. Et que pouvons-nous faire de
mieux pour elle, en attendant qu'il nous soit
donné de la contempler dans son essence et
dans sa fin, que de la tirer des banalités qui
la compromettent (1)?

(1) La question de la propriété, la plus grande peut-
être du dix-neuvième siècle, attendu qu'elle intéresse
également le droit, la politique, l'économie politique,
la morale et jusqu'à l'esthétique, a été depuis vingt-
cinq ans pour le public et pour la masse des écrivains
une véritable pierre d'achoppement : j'ajouterais que
je n'ai pas été moi-même plus heureux qu'un autre, si
du moins je n'avais eu sur les autres l'avantage de voir
nettement la difficulté et d'en pressentir la solution.
On s'est imaginé qu'il suffisait du simple bon sens pour
résoudre un problème qui embrasse la société tout entière, qui depuis quatre mille ans a résisté à l'analyse
des philosophes, et dont les plus grands parmi les sages
ont eux-mêmes condamné formellement le principe. On
s'est jeté à l'aveugle dans cette arène, chacun revendi-
quant l'honneur de justifier l'institution attaquée, et de
mériter les honneurs et les récompenses que les peuples,
inquiétés dans leurs croyances, ne manquent jamais de
décerner à leurs sauveurs. A l'Académie, à la Tribune,
dans l'École et dans la Presse, partout l'on s'est vanté
d'avoir réfuté le *sophiste* ; et quel a été le résultat de
toutes ces belles réfutations ? Que la vérité s'est enfuie,
que le doute s'est répandu plus désolant que jamais, et

Que le lecteur me pardonne ma véhémence, et qu'il me dise, la main sur la conscience, si

que la propriété est entrée dans une voie de transformation qui fait craindre sérieusement pour sa durée. Ce n'est pas la faute du Pouvoir : il a multiplié la répression, les sauvegardes, affirmant en même temps son haut domaine, sans songer que la propriété doit subsister par elle-même, à peine de devenir simple privilége et de périr, et que si elle n'est souveraine, elle n'est rien. C'est ainsi qu'en croyant refouler le danger on l'a rendu plus imminent ; c'est ainsi que la Vérité et le Droit, dès qu'ils s'appuient sur les baïonnettes, s'évanouissent.

Comme il est de la plus haute importance, pour l'établissement même du droit et de la vérité, que l'opinion soit éclairée et fixée sur l'état de la question, je demande la permission de résumer ici, en quelques lignes, la suite de mes études, tant sur la propriété foncière que sur la propriété littéraire.

Les vieux légistes disaient rondement que la propriété avait son principe dans le droit de premier occupant, et rejetaient toute autre hypothèse. Le droit de premier occupant a pour corollaire la conquête, par laquelle un nouvel occupant se substitue à l'occupant primitif, vaincu dans la lutte ou incapable de se défendre, et hérite ainsi de son droit. A une époque où le droit de la force n'était pas contesté, au moins dans son application normale, où la conquête par conséquent, conclusion de toute guerre régulière, était regardée comme juste, cette origine de la propriété satisfaisait les esprits ; elle était sacrée. D'autres sont venus ensuite, tels que Montesquieu et Bossuet, qui soutinrent que la propriété

loin d'éprouver aucune inquiétude à l'endroit de la propriété, il ne se sent pas plutôt

tirait son existence de la loi, et rejetèrent en conséquence
l'ancienne théorie. De nos jours, l'opinion de Bossuet,
et de Montesquieu a paru à son tour insuffisante, et il
s'est formé deux doctrines, l'une qui rapporte le droit
de propriété au travail, c'est la doctrine soutenue par
M. Thiers dans son livre de la *Propriété*; l'autre qui,
remontant plus haut, jugeant même l'idée de M. Thiers
compromettante, s'imagine avoir saisi la vraie raison de
la propriété dans la personnalité humaine, et la regarde
comme une manifestation du moi, un prolongement de
la liberté. C'est l'opinion qu'ont adoptée MM. Cousin et
F. Passy. Je n'ai pas besoin d'ajouter que cette opinion
a paru, soit aux partisans de Bossuet et de Montesquieu,
soit à ceux de M. Thiers, aussi vaine que prétentieuse.
On demande, en effet, comment, si c'est la volonté, la
liberté, la personnalité, le moi, qui font la propriété,
tout le monde n'est pas propriétaire?...
    La question en était là lorsque je l'ai à mon tour
abordée. Faisant l'analyse et la ventilation de toutes ces
théories, j'ai démontré qu'elles étaient toutes également
fausses ; qu'elles se réfutaient tour à tour par les mêmes
arguments, et que de plus chacune impliquait contradiction. J'ai fait voir que le fait d'occupation, par exemple, n'est pas un principe, une raison, et ne crée pas
par lui-même un droit ; — que si le droit de propriété
ne résulte pas de ce premier fait, le fait postérieur de la
conquête ou de la dépossession du plus faible par le
plus fort n'y ajoute rien ; — que l'autorité du législateur
est assurément chose fort respectable, et qu'il ne pou-

éclairé, rassuré par mon argumentation. Certainement, redirai-je à M. Frédéric Passy,

vait être question de désobéir à la loi, mais qu'il s'agit
ici de justifier la loi elle-même et d'en donner les considérants ; — que le travail est chose sacrée, mais que
le droit auquel il donne lieu ne va pas au delà d'une
simple rémunération, d'après la formule économique,
service pour service, produit pour produit, valeur pour
valeur, mais qu'il n'a point qualité pour conférer au
cultivateur le titre de propriétaire ; que s'il en était autrement il faudrait déclarer propriétaires tous les fermiers,
et considérer ceux qui perçoivent la rente de fonds qu'ils
ne cultivent pas comme des parasites ; — que le moi
humain à son tour est bien, comme la terre, l'étoffe
dont est faite la propriété, laquelle suppose évidemment
deux termes, une chose appropriée et un sujet qui se
l'approprie ; mais qu'il reste toujours à donner les raisons justificatives et les conditions de l'appropriation,
puisque sans cela tout individu non possessionné pourrait intervenir, et, en vertu de la souveraineté de son
moi, dire aux autres : Et moi aussi, je suis propriétaire.

L'opinion de MM. Cousin et F. Passy, qui attribue au
moi la faculté de créer la propriété, a même contre elle
un préjugé défavorable. Aux yeux de tout moraliste, le
moi est odieux ; l'Évangile en condamne l'essor, sous le
nom de *concupiscence*, et le regarde comme le principe
du péché. Chacun sait que l'institution de la propriété
fut rejetée dans l'Église primitive ; que plus tard, les
mœurs s'étant relâchées, on crut devoir faire cette concession au siècle, mais que la pure doctrine fut main-
tenue dans les cloîtres ; enfin, qu'à la chute de l'Empire

l'homme, en vue de sa personnalité, tend à l'appropriation, au domaine ; mais ce n'est

romain en Occident, la propriété fut entraînée dans la débâcle, et qu'à sa place et sur ses ruines, sous la double influence de l'Église et des mœurs germaniques, fut introduit le régime féodal, définitivement aboli en 1789.

Actuellement il faut conclure. La Révolution a mis fin au régime féodal et rétabli, sauf une légère modification, l'ancienne propriété romaine. Mais si elle l'a rétablie, elle n'en a pas donné la philosophie ; nous avons le dispositif de la loi, nous n'en connaissons pas les considérants. Or, comme dans la période où la Révolution nous a fait entrer, les institutions ne subsistent que par leur rationalité, déjà nous voyons la propriété, inexpliquée, trembler sur ses fondements comme au temps du Christ et des empereurs. Serait-elle menacée d'une nouvelle catastrophe, et allons-nous nous prononcer, avec l'Église primitive et communiste, contre la propriété ? C'est la question que se posent aujourd'hui tous ceux qui, ayant compris la critique de l'institution, observent la marche des choses, et déjà y saisissent tous les symptômes d'une rétrogradation. Aussi la négation de la propriété est-elle aujourd'hui soutenue par une foule de gens qui se gardent de le dire, et dont quelques-uns ne s'en doutent pas. Je citerai seulement les partisans aveugles de la centralisation, la bancocratie, le saint-simonisme agioteur, ennemi de la famille et de la liberté ; l'Église, qui travaille avec ardeur à rétablir ses couvents et à reconquérir ses terres ; la démocratie absolutiste et autocratique, ido-

qu'une *tendance*, et il s'agit de savoir, d'abord,
si cette tendance dérive d'un principe de jus-

lâtre de l'unité, et que met en faveur l'ombre seule du
fédéralisme.

Pour moi, mes idées sont tout autres. Homme de la
liberté et de l'individualité avant tout, il ne me suffit
pas d'avoir constaté, avec une véhémence qui ne méritait
pas tant de reproches, le principe égoïste de la propriété
pour que j'en abandonne l'institution; je dis simplement
qu'il y a là matière à nouvelle recherche. Je crois que
la propriété, jusqu'à ce jour peu ou point comprise, est
encore à organiser, et que la civilisation n'est pas arrivée
à sa hauteur. C'est donc avec pleine réflexion, sinon
encore en parfaite connaissance de cause, qu'au lieu de
conclure, comme l'a fait l'Église dans sa théologie
morale, comme l'ont fait tous les instituteurs d'ordres
religieux et toutes les sectes communistes, à la suppression de la propriété, j'ai protesté, dès la publication de
mon premier Mémoire, contre tout communisme et
tout féodalisme; que j'ai maintenu avec force, dans mes
publications successives, les principes de liberté industrielle, de famille, d'hérédité, de fédération, et que je
répète en ce moment, avec un redoublement d'énergie,
de la même voix et de la même plume, que je combats
toute espèce de privilége et de monopole, que la propriété, antinomique par essence, est un problème qu'il
appartient à la Révolution de résoudre, une institution
que l'antiquité n'a comprise qu'à moitié, et dont la
grandeur nous est mystérieusement révélée dans son
abus même, *jus utendi et abutendi*. La critique du
jour, avec l'impertinence qui lui est habituelle, n'a pas

tice, comme le veut la justice sociale, ou d'un principe vicieux en soi, comme l'ont prétendu

manqué de traiter cette réserve de contradiction et d'inconséquence ; elle a accusé la lâcheté de mes conclusions, après avoir flétri l'effronterie de mes prémisses : que n'a-t-on pas écrit à ce propos, de mon amour du bruit et du paradoxe? Les correspondances envoyées de Paris à l'étranger en sont encore pleines... Heureusement les pièces du procès sont là, et chaque jour les révélations de l'expérience viennent confirmer la justesse de mes déductions. A mesure que la propriété fléchit sous les attaques de la féodalité industrielle et l'absolutisme du pouvoir, la société se sent dissoudre , en même temps elle ne sait que faire pour maintenir et consolider la propriété. On dirait même, à voir l'acharnement des expropriations, la fièvre de capitalisation, l'insolence des agglomérations, l'aggravation des charges et hypothèques, que nous prenions la propriété en haine et que nous en ayons trop !...

Au milieu de cette controverse surgit tout à coup l'hypothèse d'une propriété littéraire, c'est-à-dire d'un partage du monde intellectuel correspondant au partage qui a été fait de la terre. Sur quoi je dis, en poursuivant ma critique antérieure, 1° que l'exemple de la propriété foncière ne peut être invoqué à titre d'analogie ou de précédent, attendu que son institution tient à des considérations d'un ordre élevé, encore peu connues, mais que tout nous dit être inapplicables aux choses de l'esprit ; 2° que, quels que soient les motifs, hyper-économiques, qui ont déterminé l'institution de la propriété foncière et qui la ramènent sans cesse, ces

depuis Minos, Lycurgue, Pythagore et Platon,
tous les communistes; en second lieu, quelles

motifs ne pourraient servir à motiver la création d'une
propriété intellectuelle, attendu qu'autant la terre inerte
et passive semble s'offrir à la domination humaine, autant
le monde de l'esprit répugne à l'appropriation, ce que
je montrerai dans la seconde partie de cet écrit; 3° que
cette opposition entre le monde physique et le monde
intellectuel et morale est telle, au point de vue de la
propriété, qu'il suffirait de décréter la propriété intellectuelle, comme on le demande aujourd'hui, pour
décréter du même coup la déchéance de la propriété
foncière; ce qui sera établi dans une troisième partie.
Telle est, sur toute cette matière, le fond de ma
pensée, pensée éminemment conservatrice et faite pour
m'attirer bien des sympathies, si la justice était de notre
époque, si ce n'était un parti pris de m'imputer le
scandale que des déclamateurs ignares ont fait de ma
critique et de mes formules. Mais il y a des gens, il y
en a dans le parti rouge comme dans le parti blanc, il
y en a dans la bohême comme dans l'Église, pour qui
toute discussion est sacrilége. La propriété, entre autres,
est un de ces fétiches, placés hors des atteintes du libre
examen, et auxquels il n'est pas permis d'appliquer le
doute méthodique de Descartes. Plutôt périr que s'in-
struire, c'est la devise de ces tartuffes. Quels cris ne
pousseraient ils pas, si je leur annonçais qu'après avoir
discuté pendant vingt-cinq ans la propriété, je crois en
avoir enfin trouvé la théorie, et que j'espère la publier
incessamment?... Parler de la propriété et de ses origines, pour ces gens-là, c'est se promener la torche à

seront les conditions, les limites, la règle et la
fin de cette évolution ; si c'est à l'usage et à
l'usufruit qu'elle doit s'arrêter, ou bien à la
possession, à une emphytéose, ou bien enfin
à la propriété? Car qui dit propriété, dit souveraineté. Cette souveraineté de l'individu, en
face de l'être collectif, est-elle fondée en droit,
est-elle sociale? Tous ne peuvent être en
même temps propriétaires : quels seront les
élus? Quelle compensation, quelle garantie
sera donnée aux autres ?... Remarquez que les
considérations tirées de l'économie politique
ne servent ici de rien : on ne peut invoquer
ni l'intérêt de la production, ni celui de l'agri-

la main dans un magasin à poudre ; que dis-je? c'est
détourner le public de leurs *tartines* charlatanesques,
et l'avertir de tenir ses mains dans ses poches. Que de
gredins, enrichis par l'agiotage, par le chantage, par
le pot-de-vin, par la réclame, s'imaginent voir arriver
le commissaire de police, quand ils entendent discuter
la propriété ! Je n'ai pas encore rencontré un propriétaire honnête homme qui eût de ces terreurs. Mais que
ces zélateurs véreux se rassurent : mes critiques ne
sont pas des dénonciations. Leur droit à eux relève du
code pénal, non des discussions de la science. Possible
qu'ils aient à s'expliquer un jour devant la police correctionnelle ; certes, ils n'ont rien à démêler avec le
droit de propriété.

culture, puisqu'en tous pays la production agricole se fait le plus souvent par des fermiers, des métayers, non par des propriétaires. Dans quel but enfin, pour quelle raison supérieure, jusqu'à présent demeurée obscure, cette pensée hautaine a-t-elle été soufflée à notre race? L'excès de la propriété a perdu l'Italie, disent les écrivains de la décadence romaine, *Latifundia perdidère Italiam* ; et l'on nous assure que la propriété est le droit même d'abuser. Comment accorder toutes ces choses? La propriété peut-elle être limitée et rester propriété? Quelle sera sa mesure? Quelle sera sa loi?... Voilà ce qu'avait à nous dire M. Frédéric Passy, et à quoi il a répondu par le plus *plat* de tous les sophismes , — c'est une épithète que je lui renvoie, — celui qui consiste à répondre à la question par la question.

Ainsi ces gens qui postulent pour la création d'une propriété littéraire, à l'instar de la propriété terrienne : qui écrivent fastueusement, en tête de leurs brochures faites à quatre : *Nous sommes des économistes*, nous sommes des jurisconsultes, nous sommes des philosophes, sous-entendant par là que leurs adver-

saires ne sont que des sophistes; ces cuistres
de l'école, dont la nullité fait honte à leur auditoire, ne savent pas même ce que c'est que
la propriété foncière, dont ils nous proposent
aujourd'hui de faire une contrefaçon: ils n'en
connaissent pas la fonction sociale; ils sont incapables d'en déduire les motifs et les causes.
Autant d'opinions parmi eux que de têtes :
leur illogisme dépasse leur outrecuidance; et
si quelque critique s'avise de montrer le néant
de leurs doctrines, toute leur réponse consiste
à crier au blasphème. Détestable coterie, aussi
impure qu'elle est absurde, que la postérité
accusera du gâchis contemporain et de la crétinisation de la France.

Je le répète, ce n'est pas ici le lieu de chercher par quelles considérations d'ordre civil,
politique ou économique la civilisation a été
conduite à cette fière institution de la propriété,
qu'aucune philosophie n'a pu encore expliquer,
et que rien ne saurait détruire. Cette investigation est inutile à la question qui nous occupe.
J'affirme, en vertu de l'axiome *pro nihilo nihil,*
que la propriété ne s'est pas établie pour
rien, et qu'elle a ses raisons d'être dans la
société et dans l'histoire. Que les partisans de

9.

la propriété littéraire, furieux de n'avoir su démontrer la légitimité du monopole qu'ils sollicitent. s'en prennent maintenant à la propriété foncière ; qu'ils l'attaquent. s'ils l'osent : peut-être me chargerai-je à mon tour de la défendre, et montrerai-je une fois de plus à des rhéteurs ce que c'est qu'un *sophiste*. Pour le moment, il me suffit de prendre acte de l'existence de la propriété; de déclarer que je ne veux lui porter aucune atteinte, que j'entends, au contraire, dans cette discussion, m'en prévaloir. me contentant de soutenir que l'existence d'une propriété foncière ne saurait légitimer en aucune façon la création d'une propriété intellectuelle; que ni le domaine public, ni la liberté de l'individu, ni le soin de la prospérité publique. ni le droit des producteurs, ne requièrent une semblable garantie; qu'au contraire toute liberté, toute propriété et tout droit seront en péril. le jour où sera faite, par décret du prince, l'appropriation de l'esprit.

Autre chose. il n'y a point de danger à le redire. est le droit du cultivateur aux fruits obtenus par son travail, et autre chose la propriété du sol, que la société a pu lui octroyer par surcroît. La possession du produit est de plein droit, la propriété du fonds est un don gratuit. Je ne blâme point la société d'avoir usé de cette munificence ; m'est avis qu'elle a été dirigée par des prévisions dont la hauteur nous échappe, et que si la propriété est restée imparfaite, si l'iniquité dont nous l'avons souillée depuis l'époque romaine, un moment épongée par le droit révolutionnaire, semble de nouveau la menacer ; si cette glorification de l'homme et du citoyen a perdu de son influence et de son prestige, la faute en pourrait bien être à notre lâcheté et à notre ignorance. J'accepte donc, en toute espérance, et comme fondation d'avenir, l'institution de propriété, me réservant d'en rechercher une autre fois les raisons. S'ensuit-il que d'ores et déjà nous devions solliciter de la puissance publique, si peu éclairée encore, une constitution qui ferait le domaine intellectuel et moral à l'image du domaine terrien ? Non, mille fois non : les tempéraments ne sont pas les mêmes, la loi qui régit l'esprit n'est point celle qui régit la matière. Autant vaudrait mettre les oiseaux de paradis au régime des hyènes et des chacals.

Au surplus, les partisans de la propriété

littéraire eux-mêmes ne l'entendent pas ainsi. Après avoir épuisé tous les arguments en faveur de leur thèse, par une de ces contradictions qui leur sont familières ils repoussent la seule condition grâce à laquelle leur chimère pourrait devenir une réalité.

Rappelons-nous qu'il s'agit ici, non pas seulement d'assurer à l'homme de lettres la juste rémunération de son produit, mais de créer en sa faveur, à propos de ce produit, une propriété analogue à celle accordée au colon, en surérogation de sa récolte. C'est donc le fonds commun de production lui-même qu'il s'agirait d'approprier. Prenons un exemple.

Voici Virgile, qui, dans un poëme auquel il consacra onze années de labeur, a chanté les origines et antiquités du peuple romain. Son *Énéide* est en son genre, et malgré ses imperfections, un chef-d'œuvre comme on n'en compte pas quatre dans l'histoire du genre humain. Certes, le travail du grand poëte vaut celui du colon, à qui le souverain fait gracieusement don du sol qu'il a défriché. Virgile a labouré le champ des traditions latines; il a fait naître des fleurs et des fruits sur ce sol où il n'y avait auparavant que des ronces et

des orties. Auguste l'a récompensé de sa peine,
en le comblant de ses libéralités. Mais en cela
Auguste n'a fait que payer à l'ouvrier son
produit : reste à créer la propriété. Donc,
Virgile mort, l'*Énéide* sauvée des flammes,
à ses héritiers ou ayants-cause le droit d'exploiter exclusivement ce domaine traditionnel, de chanter Évandre, Turnus, Lavinie,
de célébrer les héros et les gloires de Rome.
Défense à tout contrefacteur et plagiaire de
dire les amours de Didon, de mettre en vers
latins la doctrine platonique, la religion
de Numa, de reproduire les mêmes fictions.
Lucain ne publiera pas la *Pharsale :* ce serait
un empiétement sur le domaine virgilien,
d'autant plus condamnable que Lucain, ennemi de l'empereur, parle de Pompée, de
Caton, de César, comme il ne convient pas à
un bon sujet d'en parler. Dante lui-même devra s'abstenir : qu'il mette en chansons la
théologie chrétienne et damne à tous les dia-
bles les guelfes ses ennemis, on le lui permet.
Mais sa descente aux enfers, même en compagnie de Virgile, est un vol.

C'est ainsi que la propriété intellectuelle
pourrait se constituer, d'après les analogies

tirées de la propriété foncière et les tendances
du système féodal. Sous la féodalité, tout était
constitué ou tendait à se constituer en privilége : l'Église avait seule le droit de définir ce
qui était de foi et d'enseigner la religion : l'U-
niversité seule pouvait professer la théologie,
la philosophie, le droit, la médecine : elle
avait le privilége des quatre facultés, elle l'a
encore. Le métier des armes était réservé à la
noblesse ; la magistrature était devenue peu à
peu héréditaire ; il était interdit aux corporations de métier d'empiéter les unes sur les
autres et d'enfreindre la loi de spécialité.
Quand Louis XIV faisait de Racine et de Boileau ses historiographes, peut-être ne songeait-
il point à leur réserver, à eux et à leurs hoirs,
le privilége de narrer ses hauts faits ; mais il
l'aurait pu faire d'après les principes du
temps, qui sont ceux de M. de Lamartine.
N'est-il pas vrai que s'il plaisait à un jeune
poëte de publier un volume de vers sous le
titre de *Méditations poétiques*, M. de Lamartine le regarderait, dans son for intérieur,
comme un voleur d'enseigne, pis que cela,
comme un vil contrefacteur ? MM. Frédéric
Passy, Victor Modeste, P. Paillottet, écrivent

dans leur préface ces mots significatifs : *Nous
sommes des économistes*. N'est-ce pas comme
s'ils criaient au public : Prenez garde, ceux
qui attaquent la propriété littéraire sont in-
compétents; ils ne sont pas économistes brevetés par l'Académie, édités par Guillaumin :
ils n'ont pas le droit de parler?

« Les idées, dit M. Laboulaye père, sont de ces
choses communes qu'il est aussi impossible de s'approprier que l'eau de l'Océan ou l'air du ciel. Je me sers
des idées qui sont en circulation, mais je n'en fais pas
ma propriété. L'homme qui tire le sel de la mer, celui
qui emploie l'air à faire tourner son moulin, ont su se
créer une richesse particulière : cela empêche-t-il personne d'user de ces réservoirs inépuisables, et parce
que l'air appartient à tout le monde, chacun a-t-il le
droit de s'emparer de mon moulin ? »

Eh bien, ces fameux économistes, ils recu-
lent devant la conséquence de leur principe,
si bien que l'on ne sait plus, qu'ils ne savent
pas eux-mêmes, ce qu'ils veulent.

Cette dernière phrase est un saut de carpe.
Le moulin est une propriété immobilière, par
suite de l'appropriation du fonds sur lequel il
est établi; sans cela ce serait purement et
simplement un outil, une portion de capital.

L'exemple cité par le jurisconsulte-économiste
M. Laboulaye ne prouve donc rien en faveur
de la propriété intellectuelle ; il prouve contre.
Le même écrivain ajoute :

« Il en est de même pour un livre, avec cette différence que l'œuvre littéraire n'appauvrit pas le fonds
commun, mais qu'elle l'enrichit. Bossuet écrit une
Histoire universelle ; Montesquieu publie l'*Esprit des
Lois* ; cela empêche-t-il quelqu'un de faire une autre
Histoire universelle, d'imaginer un nouvel Esprit des
Lois? Qu'y a-t-il de moins dans la circulation des
idées?... Racine a publié *Phèdre* : cela n'a pas em-
pêché Pradon de traiter le même sujet et personne n'a
crié à la contrefaçon. Faites une histoire de Napoléon,
et profitez des recherches de M. Thiers ; mais ne réim-
primez pas le texte de son livre, car ce serait un délit
matériel aussi visible que le vol des fruits qui poussent
dans mon champ. »

Il faudrait, quand on cite un économiste, en
annoter toutes les phrases, tant il y règne de
confusion et d'équivoque. Le *livre* ne peut se
comparer au *moulin*, parce que le premier est
un produit, capable tout au plus, après avoir
été transporté de la boutique du libraire dans
la bibliothèque du savant, d'être considéré
comme portion de capital ; tandis que le moulin, établi sur le sol, fait partie d'un fonds ap-

proprié, en un mot d'une propriété.—L'œuvre
littéraire enrichit le domaine commun, cela
est vrai ; mais ce n'est pas *à la différence* des
autres produits, c'est *comme* tous les autres
produits. — Celui qui vole le texte d'un auteur est coupable, sans nul doute ; mais ce n'est
pas du même délit que celui qui vole les fruits
qui ont poussé dans le champ d'un propriétaire : attendu que le texte de l'auteur est le
produit de son travail, tandis que les fruits qui
poussent spontanément dans un champ sont
un bénéfice acquis par accession au propriétaire. Je néglige ces misères, pour ne m'arrêter
qu'à l'idée principale.

Ainsi, selon M. Laboulaye, le domaine intellectuel, à la différence du domaine terrien, est
inappropriable. Qu'un homme fasse tourner
un moulin par l'air, l'eau ou la vapeur, son
moulin sera à lui ; quant à l'idée même d'appliquer à une paire de meules, en place des
bras de l'homme, l'air, l'eau ou la vapeur,
comme force motrice, cette idée en elle-même
ne peut être convertie en propriété. Il est vrai
que dans ce cas il pourrait y avoir matière à
brevet d'invention : mais alors nous retombe-
rions dans la condition générale du producteur

intellectuel, que l'on rémunère de son travail, de sa découverte, par un privilége de publication ou d'exploitation temporaire. Sous cette réserve, le raisonnement de M. Laboulaye demeure inattaquable : l'invention reconnue peut donner lieu à un droit de *priorité* ; elle ne peut servir à motiver une constitution de PROPRIÉTÉ.

MM. les économistes, jurisconsultes et philosophes voudraient-ils nous dire alors quel est l'objet de leur revendication et de quoi ils se plaignent? Car vraiment on ne les comprend pas, et leur demande est encore à formuler. A les entendre, il n'y a pas de plus énergiques adversaires du monopole : qu'ils restent donc fidèles à leurs maximes, et qu'ils cessent de troubler le monde de leurs sottes déclamations.

Certes, la terre a été partagée et appropriée ; et bien que la théorie de la propriété reste à faire, bien que le problème soit encore à résoudre, la propriété foncière n'en est pas moins un fait immense, qui a pris sa place dans la politique des nations et dans les relations des individus, fait que la raison est fondée à regarder comme établi dans des vues supérieures et pour une fin grandiose, alors même que cette vue et cette fin nous échappent encore.

Faut-il à cette heure, où nous ne faisons que débuter dans la science de l'organisation sociale, porter une main téméraire sur cet organisme dont le secret nous est inconnu, brouiller toutes les notions, mêler le ciel et la terre, et, pour la satisfaction de quelques pédants, mettre le monde sens dessus dessous? De quoi se plaignent les gens de lettres? Leur condition est-elle plus malheureuse que celle des autres producteurs? La propriété foncière les rend jaloux : qu'ils en accusent la nature des choses, qui seule est ici responsable et qu'il serait à propos de comprendre avant de la condamner. Ou plutôt qu'ils jouissent, avec tout le monde, et en attendant de plus grandes clartés, du progrès acquis. Depuis que le régime féodal a été abrogé parmi nous, la terre, bien qu'elle ne puisse être actuellement la propriété de tout le monde, est accessible à chacun. Le domestique, l'ouvrier, le métayer, la marchande de salade, qui va par monts et par vaux cueillir pissenlits et mâches, peuvent, en économisant sur leurs maigres

salaires, former une épargne, un capital, convertir leur argent en beaux et bons immeubles, et dire à leur tour : Moi aussi je suis propriétaire! Qui empêche l'homme de lettres d'en
faire autant? La mutation est incessante dans
la propriété. Mais qu'on ne nous parle plus de
transformer la rémunération due à l'écrivain
en une usure perpétuelle : ce serait la confusion de tous les principes et la subversion de
l'ordre social.

§ 10. — Résumé de la discussion : Que le gouvernement
n'a ni le droit ni le pouvoir de **créer une propriété littéraire**.

Parmi ceux qui ont fait une légère opposition à la loi projetée, quelques-uns, entraînés
par cette fausse analogie de la propriété foncière, ont accordé que le gouvernement avait
le pouvoir de créer une propriété littéraire,
comme il a créé une propriété minérale et
d'autres espèces de propriétés. Concession irré-
fléchie, et qui témoigne du chaos où s'agitent
les esprits.

Certes, le gouvernement peut ce qu'il veut,
si l'on entend par pouvoir la faculté d'agir

quand même, abstraction faite des lois de la
nature et de la société. Quand il plaît à un
gouvernemeut de dire : *Je reux*, qui l'empê-
chera, surtout si l'opinion l'appuie?

C'est autre chose si l'on entend que le gouvernement peut ce qu'il veut, mais dans la
limite des lois naturelles et économiques et
des règles du droit.

Ainsi le gouvernement ne peut pas faire que
ce qui est simplement *produit*, par nature et
destination, soit considéré comme FONDS ou
propriété.

Il ne peut pas faire qu'un contrat d'échange
devienne un bail à rente perpétuelle, bien que
le service ou la marchandise échangés puissent
être rémunérés, payés, soit par un gage à
l'année, soit par une série d'annuités.

Il ne peut faire que le *prix* d'un produit soit
assimilé à un fermage.

Il ne peut pas, sans violer la loi des relations
humaines et sans confondre toutes les notions,
faire qu'un écrivain qui jette ses pensées dans
la circulation soit considéré, non plus comme
simple producteur - échangiste, mais comme
commanditaire irremboursable, à qui, pour
ce fait, serait due une redevance héréditaire

jusqu'à la fin des siècles. Le gouvernement
n'a pas plus la faculté de faire aucune de ces
choses, qu'il ne pourrait partager l'atmosphère,
bâtir sur l'Océan, produire sans travail, et
donner des rentes à tout le monde. S'il l'es-
sayait, ce serait à son détriment; le ridicule
et la ruine le ramèneraient bientôt à la vérité.

La société a pu, par des considérations que
la science n'a pas encore suffisamment éclair-
cies, mais qui ne sont pas contredites, partager le sol et instituer une propriété foncière,
elle l'a pu, dis-je, bien que cette appropriation,
de l'aveu de tous les légistes, soit un appoint
au droit du cultivateur; bien que la production et l'échange des richesses ne requièrent pas rigoureusement une semblable concession; bien que la propriété n'existe pas chez
des nations nombreuses, où elle est suppléée
par un simple droit de possession. Mais pour
qu'il y eût une propriété intellectuelle, il faudrait que le gouvernement pût concéder à
l'écrivain, à titre de domaine, le privilége des
idées générales et des sujets d'études qui sont
le fonds commun des intelligences. Or, c'est
justement ce qui lui est impossible, ce qui
répugne au sens commun, et ce que d'ailleurs

personne ne réclame. Comment donc, obligé
de renoncer à l'analogie, décorerait-il du nom
de propriété un simple privilége de reproduction et de vente, et cela, dans le but unique de
créer à ses héritiers une sinécure?

Boileau a dit, dans son épître sur la noblesse :

> Mais la postérité d'Alfane et de Bayard,
> Quand ce n'est qu'une rosse, est vendue au hasard.

Le gouvernement peut-il faire que les fils
des hommes de génie soient des génies comme
leurs pères? Non. Qu'il laisse donc la postérité
du génie à elle-même : les pères ont été payés.
il n'est rien dû aux héritiers.

DEUXIÈME PARTIE

—

CONSIDÉRATIONS MORALES ET ESTHÉTIQUES

———

1. — De la distinction des choses vénales et des choses non vénales.

Si nos modernes jurisconsultes et économistes ont perdu jusqu'au sens critique, que
requièrent par dessus tout leurs études et qui
distinguait à un si haut degré leurs devanciers,
c'est bien pis des gens de lettres. qui ne com-
prennent plus ce qui fait l'excellence de leur
profession et leur propre dignité. J'en éton-
nerai plus d'un, en démontrant tout à l'heure
cette proposition étourdissante que, parmi les
choses qui entrent dans le commerce de l'hu-

manité, qui font l'objet de notre activité incessante et auxquelles nous attribuons une
valeur, il en est qui, par nature et destination,
sont vénales ; d'autres qui, par nature et destination également ne le sont pas, et qu'au
nombre de ces dernières il fa .t compter nos
productions les plus précieuses, celles de l'art
et de la littérature.

Ceci est encore un *sophisme* à moi. M. de
Lamartine, qui paraît n'estimer les choses,
divines et humaines, qu'autant qu'elles peuvent se convertir en monnaie ; qui, à cette fin,
organise souscription sur souscription à ses
vers et à sa prose ; qui aux souscriptions ajoute
le supplément d'une loterie monstre ; qui, pour
plus de sûreté, d :mande que l'on convertisse
le monopole temporaire des auteurs en une
rente perpétuelle, n'aura garde de se ranger
à mon opinion. Quant aux économistes-juris-
consultes, que nous avons vus précédemment,
tout en réclamant l'institution d'une propriété
littéraire, reconnaître cependant, par la voix
de M. Laboulaye, que le domaine intellectuel
est inappropriable, je suppose qu'ils ne seront
pas fâchés de savoir à peu près pourquoi.

Jusqu'à présent, nous n'avons considéré

l'écrivain que comme producteur d'*utilité* : à
ce titre, nous avons conclu pour lui à la légitimité d'une rémunération. Mais il y a autre
chose encore dans l'écrivain qu'un producteur
d'utilité. Le but qu'il poursuit n'est pas simplement un but utilitaire; c'est surtout un but
d'éducation morale, idéale. L'idéal, tant dans
la sphère de la conscience que dans celle de
la vie, voilà ce qui constitue la dominante du
producteur littéraire, à l'inverse de l'industriel, dont la dominante est l'utilité. A ce point
de vue, je dis que l'œuvre de littérature et
d'art cesse d'être rémunérable, qu'elle perd
son caractère de vénalité, et que telle est la
principale cause qui interdit toute appropriation dans le domaine intellectuel. Je soutiens
en conséquence que la création d'une propriété artistique et littéraire, fût-elle possible,
serait la corruption de tout art et de toute littérature; qu'une littérature animée d'un tel
esprit serait en contradiction avec elle-même,
au rebours du progrès, en opposition à la destinée sociale, en un mot une littérature d'immoralité.

Est-ce entendu? Le paradoxe est-il assez
éclatant?... Pauvres avortons révolutionnaires

que nous sommes ! Il n'y a pas quatre-vingts
ans, tout cela eût paru de pur sens commun,
une banalité. Aujourd'hui, il nous faut une
démonstration en règle.

§ 2. — De la religion.

Les choses qui, par leur excellence, sortent
du cercle utilitaire sont de plusieurs catégories : la religion, la justice, la science, la philosophie, les arts et les lettres, le gouvernement. Un mot seulement de chacune.

Existe-t-il un livre qui se soit débité à un
plus grand nombre d'exemplaires que l'Évangile, et dont l'auteur soit demeuré plus pauvre
que Jésus-Christ ? Voilà bien le comble du
génie et de la vertu, joint au comble de l'indigence. Eh bien, je le demande au plus gros-
sier des mortels : est-ce que l'Évangile pouvait être un article de commerce ?

Pourtant, il faut que celui qui annonce
l'Évangile vive. Tout d'abord la question se
présenta aux apôtres : *Maître, que mangerons-
nous ?* disaient-ils au réformateur de Nazareth.
D'après la théorie de MM. de Lamartine, Laboulaye, J. Simon, F. Passy et *tutti quanti,*

l'Évangile étant la propriété de Jésus-Christ,
l'Église son héritière, les apôtres et leurs successeurs auraient eu le privilége, à perpétuité,
de la vente des sermons sur la montagne, des
paraboles, en un mot, de tous les dits et gestes
du Christ, et tout chrétien, pour lire le Nou-
veau-Testament, aurait dû, jusqu'à la fin des
siècles, payer une prime.

Jésus ne l'entend pas ainsi. Il sait, et en cela
il est plus profond économiste que les disciples
de Malthus, que l'argent et la religion sont
valeurs incommensurables, et il répond à ses
disciples : *Vous mangerez ce que vous trouverez*. Ce que vous avez reçu en grâce, donnez-
le gratuitement : *Gratum accepistis, gratis
date*. Plus positif, plus fier encore, et déjà
moins confiant en l'hospitalité des néophytes,
Paul prend un parti énergique : donnant ses
Épîtres et sa prédication pour rien, il gagne
son pain en fabriquant des tentes. C'est le
plus beau trait de sa vie.

Voilà comment fut résolu, au premier
siècle de notre ère, le problème de la rémunération des auteurs. Mon Évangile n'est pas
chose vénale : telle est la réponse de Jésus-
Christ. Et quiconque a le sentiment religieux,

abstraction faite de tout dogme et de toute révélation, le comprend comme lui. Vendre
l'Évangile, comme l'idée en vint à un économiste de l'époque, Simon le Mage, ce serait
un crime contre Dieu, la dernière des indi-
gnités. C'est justement le crime que l'Église
flétrit du nom de celui qui le premier affirma
la propriété spirituelle, la *simonie*. Plus tard,
il est vrai, l'Église tomba dans le relâchement.
Pendant des siècles, les évêques furent seigneurs terriens, les abbés eurent des serfs, le
sacerdoce vécut de bénéfices, les couvents
regorgèrent de donations extorquées. Mais le
principe est resté : si l'Église ne veut pas que
ses ministres mendient, elle n'en déteste pas
moins les simoniaques.

Et tous les fondateurs et réformateurs de
religions, Bouddha, Confucius, Socrate, firent
comme Jésus-Christ, prêchant le royaume de
Dieu sur les toits, donnant leur pensée gratis,
mangeant ce qu'ils trouvaient, et scellant, à
l'occasion, leur doctrine de leur sang. On a
accusé Mahomet de fourberie ; il n'était pas
insensible à la gloriole d'écrivain. On n'a
jamais dit qu'il eût tiré une obole de la vente
de l'Alcoran.

§ 3. — De la justice.

De même que le culte a donné naissance à un corps de ministres, qui est le sacerdoce, la justice a produit à son tour une spécialité de fonctionnaires, qui est la magistrature. Les uns comme les autres vivent des appointements, ou pour mieux dire, de l'indemnité qui leur est offerte : il ne serait vraiment pas exact de dire qu'ils sont payés. Le payement serait synonyme de prévarication. Le plaideur qui, après le gain de son procès, adresserait seulement une parole de remerciement à son juge, lui ferait insulte : en pareille matière, tout présent, offert ou reçu, toute sollicitation, est un délit. Si le juge Goezmann était coupable, Beaumarchais ne le fut pas moins. Et cependant, quel travail chez le magistrat digne de ce nom pour démêler le mensonge, pour écarter la chicane ! Que de savoir, que de patience, que de bon vouloir il lui faut ! Les littérateurs se moquent du style judiciaire : tout jugement bien motivé, brièvement rendu, est un chef-d'œuvre, non-seulement de raison, mais de diction. S'avisa-t-on jamais de mettre en vente

les arrêts des tribunaux au profit de ceux qui
les avaient rédigés? Le recueil de Dalloz produit des bénéfices au collecteur, mais rien aux
magistrats qui en ont fourni la matière. Nul
service n'est plus rude : bien plus que le la-
boureur aux champs, le juge, quand il réussit
à vaincre le sommeil, sue sang et eau sur son
tribunal. Parlez-lui de profits ; essayez de lui
dire, comme l'a fait je ne sais plus quelle
Commission mixte formée à Paris pour la propriété littéraire, qu'il ne doit aux justiciables
que sa parole, mais que la reproduction de
ses sentences, si laborieusement motivées, si
fortes de logique, de précision, de science juridique, si remarquables de style, appartient
à lui seul : vous verrez de quels regards votre
proposition sera accueillie. Sous l'ancienne
monarchie, on n'avait pas trouvé de meilleur
moyen de faire vivre la magistrature que de
lui allouer des *épices :* ce mode injurieux de
rétribution a été aboli en 89, à l'applaudisse-
ment universel, comme faisant de la justice
une chose vénale. Pratiquer la justice est chose
pénible, que l'on récompense chez les enfants,
à qui l'on décerne des prix de bonne conduite,
mais qu'il est indigne de rémunérer chez les

hommes. Distribuer la justice, dire le droit, est chose encore plus difficile, et, pour cette raison même, d'autant plus exclusive de l'idée de vente.

§ 4. — De la philosophie et de la science.

Des choses de la religion et de la morale, qui tiennent une si grande place dans la consommation spirituelle des peuples, passons à d'autres.

La loi française sur les brevets d'invention a déclaré expressément que les *principes* philosophiques ou scientifiques, c'est-à-dire la connaissance des lois de la nature et de la société, ne sont pas susceptibles d'appropriation.

La vente de la vérité, comme celle de la justice, est chose qui répugne, dit le législateur. Se figure-t-on les Romains qui, du temps de la république, envoyèrent une députation à Athènes pour en copier les lois, payant aux Athéniens un tribut pour cette importation? Sieyès, qui vendit sa constitution à Bonaparte, après avoir débuté dans la gloire, a fini dans le mépris. Il en est du philosophe comme du législateur, comme du magistrat, comme

11.

du prêtre : sa vraie récompense est dans la vérité qu'il annonce.

Le spéculateur inconnu qui inventa les chiffres appelés *arabes* ; Viette, qui créa l'algèbre ; Descartes, qui appliqua l'algèbre à la géométrie ; Leibnitz, auteur du calcul différentiel ; Napier, qui découvrit les logarithmes ; Papin, qui reconnut la puissance élastique de la vapeur et la possibilité de l'utiliser comme force mécanique ; Volta, qui construisit la fameuse pile ; Arago, qui, dans l'électro-magnétisme, signala la télégraphie électrique quinze ou vingt ans avant qu'elle n'existât : aucun de ces hommes, dont les découvertes dominent la science et l'industrie, n'eût pu être breveté. Pour ces intelligences de premier ordre, le désintéressement le plus absolu est de commande. La loi, qui a fait cette étrange répartition entre le savant, inventeur du principe, à qui elle n'accorde rien, et l'industriel, applicateur du principe, qu'elle privilégie, serait-elle injuste par hasard ? Non : c'est notre conscience qui est faible, c'est notre dialectique qui se fourvoie.

Sans doute, il faut que le savant, le philosophe, aussi bien que le magistrat et le prêtre,

vivent : il leur est défendu de spéculer. —
Quoi! dites-vous, ils seront déshérités, con-
damnés à l'indigence, parce que leur lot a été
de découvrir L'IDÉE de ce dont le premier
venu n'aura besoin pour s'enrichir que de faire
l'application à l'aide d'une commandite ! Chacun d'eux n'a-t-il pas le droit de dire : Mes
chiffres, mon algèbre, mon analyse, mes logarithmes, ma pile, aussi bien que Watt ou tel
autre pouvait dire : Ma machine?

Non, répond la loi. La vérité en elle-même
n'est pas objet de commerce; elle ne peut
faire la matière d'une appropriation. Qu'on
cherche le moyen de faire vivre honorable-
ment le penseur, mais en dégageant son existence de toute idée de trafic : je le permets, je
le veux. Quant à l'applicateur, son métier est
autre; il fait chose aléatoire, où l'excès, bien
rare, des bénéfices n'est que la compensation
des risques. Qu'on régularise les bénéfices,
qu'on diminue les risques, qu'on égalise les
chances et, s'il se peut, les conditions; ce sera
d'une bonne économie, je ne m'y oppose point.
Mais conduire la vérité à la foire, c'est immo-
ral, contradictoire. De même que la justice,
la religion, la vérité, si elle était vendue, se-

rait, par le fait même de la vente, avilie; son déshonneur la tuerait.

Ainsi rien de ce qui est de l'ordre de la science comme de l'ordre de la conscience ne saurait tomber dans la vénalité. L'idée de profit lui est antipathique : il répugne que des choses de cette nature deviennent matière d'appropriation. Le philosophe, magistrat de la vérité, est dans la même condition que le juge. Par cela seul qu'il fait profession d'enseigner la vérité, ou ce qu'il considère comme vérité, et de rectifier les préjugés de ses semblables, la vérité l'oblige; il la doit aux hommes : s'il la vend, il la viole. Un homme d'un génie extraordinaire s'est vu, dans notre siècle, faisant commerce de l'*absolu*. Traduit pour ce fait devant la police correctionnelle, il est resté, pour ses contemporains et pour la postérité, flétri du nom de *charlatan*. Déchu pendant sa vie et après sa mort, Hœné Wronski ne compte ni dans la philosophie ni dans la science.

Le caractère *anti-vénal* de l'idée s'étendant à la fonction, il en résulte que le ministère du prêtre, du juge, du philosophe, du savant, est essentiellement gratuit : je veux dire par là

qu'ils ne font point métier et marchandise du
verbe dont ils sont les hérauts, et que la rémunération qui leur est allouée, de quelque
manière qu'ils la recueillent, ne peut pas, en
bonne économie, être considérée comme salaire. C'est une subvention respectueuse, une
indemnité calculée, non sur la valeur du service rendu ou de la communication faite, service
et communication dont l'effet est inappréciable,
au-dessus de toute mercenarité, mais sur les
besoins physiques de l'humanité. Partout et
dans tous les temps les peuples ont voulu sau-
ver l'honorabilité du sacerdoce, de la magistrature et du professorat, en élevant leur personnel au-dessus des tentations de l'avarice et
des angoisses de l'indigence. La raison universelle a senti que de telles fonctions ne se paient
pas, ne se mesurent pas d'après l'unité de valeur employée dans le commerce, or, argent,
boisseau de blé, tête de bétail ou journée de
travail. Ici la règle utilitaire est abandonnée :
tandis que l'industriel fait entrer dans le prix
de son produit, avec ses frais de production,
la rareté de l'objet et l'intensité du besoin
qu'en ont les autres, et travaille ainsi pour le
lucre, ceux que nous avons nommés précédem-

ment producteurs intellectuels ne comptent
que leur peine et leur temps; ils se contentent
du pain quotidien, de la portion congrue; ce
sont des hommes de sacrifice, à qui l'agiotage
est inconnu.

C'est pourquoi je repousse, comme une of-
fense à la tribune tant sacrée que profane et
un blasphème contre la science, les paroles de
la *Commission mixte* dont je parlais tout à
l'heure : « Les professeurs, les prédicateurs
» ne doivent au public que leur *parole;* à eux
» seuls appartient le droit de la reproduire
» (en vue de gain) par l'impression. » Triste
sophisme, qui ne pouvait se produire qu'à une
époque de vénalité et de décadence. Le professeur, l'orateur, qui vend ses discours après
les avoir débités moyennant indemnité, fait
une chose peu digne et positivement injuste.
On ne peut tirer d'un sac deux moutures : je
dirais volontiers de cet homme qu'il est plus
que simoniaque, il est concussionnaire. Je
comprends certaines tolérances; je puis fermer les yeux sur certains abus : ma conscience
se révolte dès qu'on prétend les ériger en
principes.

§ 5. — Des lettres et des arts.

A côté du *saint*, du *juste* et du *vrai*, nous avons maintenant à considérer le *beau*. Sommes-nous fondés, au point de vue économique, à réunir ce nouveau terme à la même catégorie que les précédents, et à dire en conséquence que la poésie, la littérature et les arts répugnent à la vénalité ? C'est ce que je vais essayer, non pas précisément de démontrer, puisque ce qui est du goût, comme ce qui est de la conscience, relève d'une faculté autre que l'intelligence, mais de faire sentir par quelques considérations générales.

Remarquons d'abord qu'entre les choses de la religion, de la justice et de la science, et celles de la poésie, de l'éloquence et des arts, il existe une liaison intime, qui assujettit ces dernières, au moins pour une grande part, à la loi des autres. Ce que la FORME est à la *substance* en métaphysique, les lettres et les arts le sont originellement à la justice, à la religion et à la morale. Plus tard la séparation sera faite ; en attendant, leur destinée est solidaire.

Ainsi les sentiments religieux et moraux se traduisent par des poésies, des chants, des temples, des statues, des tableaux, des sculptures, des légendes, des mythes, etc., toutes créations de l'art et un peu de l'industrie, mais dont il ne peut entrer dans l'esprit de personne de faire un objet de commerce. Se figure-t-on le roi David levant un tribut sur les *Psaumes*; l'architect Hiram percevant un péage à l'entrée du temple; Bossuet tirant un casuel de ses Oraisons funèbres, et nos prêtres, le jour de la Fête-Dieu, imposant aux fidèles une taxe pour voir défiler la procession?

De même pour les créations artistiques de l'ordre civil. Les premières lois furent écrites en vers que les enfants apprenaient par cœur, comme Cicéron le raconte de la loi des Douze Tables : jamais il n'entra dans l'esprit de personne d'en consacrer la propriété au profit du législateur ou d'en faire pour le préteur un revenant-bon. Au barde qui avait chanté dans la bataille on offrait un prix, on ne mettait pas ses vers à prix. Tyrtée demandant aux Lacédémoniens le salaire de ses chants perdrait son prestige ; Rouget de l'Isle, réclamant après la bataille de Jemmapes, en vertu du principe

d'expropriation pour cause d'utilité publique,
une indemnité pour sa *Marseillaise*, ne se
concevrait pas davantage. Je vais dire une
chose cruelle : Rouget de l'Isle est mort oublié,
dans un état voisin de l'indigence. L'hostilité
des gouvernements et la longueur des réactions
en furent en partie cause : je serais fâché, je
l'avoue, pour l'honneur du principe et pour la
gloire de la Révolution, que la République lui
eût accordé une pension. J'aurais voté un buste
à Rouget de l'Isle ; je lui eusse refusé tout
subside. Une nuit, le génie de la Révolution
l'avait visité et lui avait dicté, paroles et chant,
la *Marseillaise*. Depuis ce jour, Rouget de
l'Isle voulut poursuivre sa carrière de chantre,
et ne fit grand'chose de bon. Preuve que l'idée
dont il avait été l'organe était plus collective
que personnelle, qu'elle était du nombre des
choses non payables. Rouget de l'Isle vécut
pauvre : ce fut l'injure des circonstances, qu'il
faut bien se garder ici de mettre sur le compte
des hommes. En 93 on n'en était pas, grâce
au ciel, à spéculer sur la vente d'une ode ou
d'une méditation poétique. On laissait ce commerce aux auteurs de *ponts-neufs*. Pour cette
veille sublime, qui rendit Rouget de l'Isle im-

mortel, la République ne devait littéralement
rien... qu'une couronne. En dépit du préjugé
contraire, je dirai toujours que le dévouement
à la patrie et les monuments qui le traduisent
sont hors de trafic ; que c'est là tout ce qui distingue l'écrivain et l'artiste de l'industriel,
comme le soldat-citoyen du mercenaire.

Reste à considérer l'art et la littérature li-
bres, non officiels, je veux dire indépendants
de l'Église et de l'État, sans mission religieuse,
ni politique, ni pédagogique. Pour cette bran-
che fort considérable de la littérature et de
l'art, suivrons-nous la règle sévère ?

Parlons d'abord du véritable écrivain, du
franc artiste, j'entends par là celui pour qui
le beau qu'il s'efforce de reproduire dans ses
œuvres passe avant les considérations de métier et d'utilité. Je dis que cet homme, dans
la plénitude même de son indépendance, ne
peut pas renier son caractère pour ainsi dire
sacré. C'est toujours le prophète des choses
divines, un instituteur public, qui tient, si
vous le voulez, son mandat de son génie, mais
qui n'en travaille pas moins, à sa manière, à
l'éducation, disons-mieux, à l'exaltation de
l'humanité. Nous sommes ainsi ramenés à

notre point de départ, qui est la distinction des
choses vénales et des choses non vénales, les
premières formant la catégorie de l'utile, les
autres embrassant tout ce qui est de la conscience, de l'idéal et de la liberté.

Que MM. les artistes et gens de lettres daignent une fois, pour leur propre honneur, le
comprendre : la poésie, l'éloquence, la peinture, la statuaire, la musique, sont par nature
comme la justice, la religion et la vérité,
comme la beauté, inestimables. Tout les sert,
tout leur devient instrument ou matière ; aucune limite, aucun type ne sont imposés à leurs
créations : elles-mêmes ne servent que la vérité et la justice, qu'elles ne pourraient offenser
sans se corrompre. Or, si la littérature et l'art
ne sont serviteurs que du juste et du vrai,
comment seraient-ils payés par autre chose ?
C'est par la raison, le droit et l'art réunis, que
l'homme s'affranchit : comment cet affran-
chissement s'opérerait-il si l'artiste, si l'écrivain était à la merci de la tyrannie des sens,
s'il se faisait le courtisan du vice, si, à cette
fin, il se mettait à prix et ne travaillait, comme
le traitant et l'usurier, qu'en vue de la fortune ? L'art qui se fait vénal, de même que la

femme qui trafique de ses charmes, ne tardera
pas à se dégrader. On a prétendu que l'art
était indépendant de la morale : la comparaison que je viens de faire montre en quelle
mesure et dans quel sens. Il y a des créatures
aussi vicieuses que belles ; d'autres, maltrai-
tées de la nature et d'une âme sans tache.
Mais tandis que le vice détériore incessamment les premières, la vérité illumine et semble embellir les autres : en sorte que beauté
et vertu, laideur et vice, sont identiques au
fond et synonymes. Non, il n'est pas vrai que
l'art, la religion de l'idéal, puisse se soutenir
dans la pratique de l'immoralité. Sur cette
pente, il n'est talent qui résiste, génie qui
prospère. Insensiblement l'artiste tombe dans
la trivialité, de la trivialité dans l'impuissance ;
il est perdu.

Concluons sur ce point comme sur les précédents : les formes dont l'écrivain et l'artiste
embellissent la pensée religieuse, morale ou
philosophique, sont sacrées comme la religion,
la morale et la vérité elles-mêmes. De même
que la justice oblige le juge et la vérité le philosophe, la beauté oblige le poëte, l'orateur,
l'artiste. Ils nous la doivent, cette beauté,

puisque leur but, en la manifestant, est de nous rendre plus beaux et meilleurs ; puisque leur œuvre est une critique de notre figure et de toute notre personne, de même que la philosophie est une critique de notre raison et la jurisprudence une critique de notre conscience.

Un proverbe arabe dit : « On cueille des chardons pour l'âne ; on n'attrape pas des moucherons pour le rossignol. » Cela semble injuste ; c'est juste. Tout auteur qui, pouvant vivre de son patrimoine, tire un sou de ses écrits, se rend, en principe, coupable d'indignité. Indemnisé par la naissance et la fortune, il se devrait à lui-même de repousser, du titre de ses œuvres, tout supplément de revenu, s'il n'était arrêté par la crainte d'humilier ses confrères moins heureux. C'est l'humiliation de l'écrivain pauvre, en effet, de se sentir obligé, pour remplir sa mission, de réclamer un émolument. L'idéal de la vie d'artiste est de répandre la beauté pour la seule joie d'embellir le monde : la beauté ne se place pas sur hypothèque. Le grand orateur, en passionnant son auditoire, s'efforce de l'élever au-delà de la sphère des intérêts inférieurs : faites de lui un mercenaire, vous lui coupez les ailes et lui ôtez sa puissance. C'est justement ainsi que nous en sommes arrivés, en France, à nous amuser des beaux discours : nous sommes devenus impénétrables à l'éloquence, comme nous sommes inaccessibles à la vertu. Ah ! monsieur de Lamartine, qui avez tant peur qu'on ne prenne vos vers et votre prose. . . . .

. . . .

. quel homme vous eussiez pu devenir, si vous aviez su être pauvre comme vous avez su être magnifique ! Mais il vous était réservé de montrer, par votre exemple, que la grandeur des sentiments n'habite pas toujours avec le luxe des phrases, et que toutes ces magnificences de parole ne servent le plus souvent qu'à dissimuler la faiblesse du caractère et la petitesse de l'idée.

Une poésie vénale, une éloquence vénale, une littérature vénale, un art vénal : est-ce que cela ne dit pas tout, et qu'ai-je besoin d'insister davantage? Si nous ne croyons plus à rien aujourd'hui, c'est que nous sommes tous à vendre, *urbem venalem*, et que nous faisons commerce de notre âme, de notre esprit, de notre liberté, de notre personne, comme des produits de nos champs et de nos manufactures. L'antiquité a conservé le trait de ce citoyen qui, dans un besoin pressant, emprunta sur le cadavre de son père. Combien parmi nous songeraient à retirer un pareil gage ? Nous y joindrions nos enfants et nos femmes.

§ 6. — Pourquoi certains produits et services ne se vendent pas. — Causes du mercenarisme littéraire.

J'ai montré, par la simple opposition des idées, que les lois qui régissent l'utile sont inapplicables au monde de la conscience, de la philosophie et de l'idéal. Ce sont deux ordres incompatibles, qui ne se peuvent mêler sans se détruire. Le travail, payé d'un remerciement ou d'un *bravo*, serait une servitude à laquelle s'ajouterait la dérision. Inversement, la religion, pratiquée pour le profit, devient hypocrisie et simonie ; la justice, prévarication ; la philosophie, sophistique ; la vérité, mensonge ; l'éloquence, charlatanisme ; l'art, un moyen de débauche ; l'amour, une luxure. Ce n'est pas moi qui dis cela : le sentiment universel le proclame, et tous les législateurs jusqu'à présent ont statué en conséquence.

La distinction des choses vénales et des non vénales est fondamentale en économie politique aussi bien qu'en esthétique et en morale; et si mes contradicteurs, qui font sonner si haut leur qualité d'économistes, et qui se sont ingéré de résoudre *ex professo* la question des droits d'auteurs, avaient eu une véritable intelligence de la science, de ses principes, de ses limites et de ses divisions, voici la marche qu'ils auraient suivie :

Après avoir rappelé que l'économie politique est la science de la production et de la distribution des richesses, de toute espèce de richesses, materielles et immatérielles, temporelles et spirituelles, ils auraient défini la *production*, et montré qu'elle ne diffère absolument en rien chez l'artisan et l'homme de lettres, puisqu'il s'agit toujours d'une forme personnelle à donner à des idées impersonnelles, et d'un déplacement de matière, c'est-à-dire d'une production de force.

Cela posé, ils auraient remarqué que, parmi les produits de l'activité humaine, il y en a qui naturellement doivent se payer, et d'autres qui ne sauraient l'être; les uns dont la vénalité est de droit, et les autres dont la vénalité répugne. Ils auraient fait voir que cette distinction est nécessaire, et que de l'observation de ces deux lois contraires, la vénalité et la non-vénalité, dépendent la sécurité des transactions, la liberté des personnes, la dignité humaine et l'ordre social tout entier. En effet, auraient-ils dit, ce n'est pas tout d'avoir produit, il faut que les produits se consomment, qu'ils soient assimilés, les uns par les âmes, les autres par les corps. A cette fin, il est indispensable que les produits destinés à la consommation physique, et qui forment plus spécialement la catégorie de l'utile, soient *échangés*, c'est-à-dire payés, valeur pour valeur; que les autres, qui appartiennent aux catégories du beau, du juste et du vrai, soient distribués gratis, sans quoi la distribution du travail et la répartition des objets de consommation non gratuite seraient bientôt entachées de servitude et de fraude. L'homme qui ne croit à rien, qui ne respecte rien, devient vite un malhonnête homme et un voleur. Or, mettons la main sur notre conscience, et nous trouverons qu'en dernière analyse nous n'avons de foi qu'à ce qui nous est donné gratis, nous ne respectons que ce qui ne se paie pas. Et c'est le respect des choses non payables qui seul a la vertu de nous faire acquitter ponctuellement celles qui doivent être payées.

En autres termes, il ne suffit pas d'avoir démontré les lois de l'économie politique, qui sont objectivement celles du *tien* et du *mien*, pour que la société vive et se développe ; il faut que ces lois soient religieusement et par tous observées : ce qui ne peut se faire que par une large, continuelle et gratuite diffusion des idées du beau, du juste et du vrai. C'est ainsi que dans l'économie sociale l'égoïsme se concilie avec le bien public. A l'individu ses droits, à la société les siens. Comment les idées du beau, du juste et du vrai agissent-elles sur les âmes, et les inclinent-elles à l'observance des lois de l'utile? Précisément parce qu'elles sont comme des dons de Dieu, placées hors trafic, et qu'elles coulent d'en haut sur l'humanité comme une bénédiction.

Mais, auraient eu soin d'ajouter les économistes, attendu que le magistrat, le savant,

l'artiste, en produisant des choses non vénales, sont obligés pour subsister de consommer des utilités vénales, et que beaucoup
parmi eux sont sans fortune, il est juste que
la communauté les défraye et fournisse à leurs
besoins. Seulement leur rémunération prendra
un caractère différent : elle ne sera pas réputée prix ou salaire du service, mais subvention.
Le beau, le juste et le vrai n'entrent pas en
comparaison avec l'utile ; ce n'est plus ici le
produit qui est vendu, acheté; c'est l'homme
qui est secouru, indemnisé... A cette fin, la
loi accorde à tout auteur un privilège temporaire, en le laissant juge de son propre besoin
et de la nécessité où il peut se trouver de re-
courir au commerce.

Voilà comment la démonstration aurait dû
être conduite, le nœud de la question étant,
comme je l'ai dit, la non-vénalité des choses
de littérature et d'art, par opposition à celles
de l'industrie. — Subsidiairement, et pour le
cas où la distinction entre les choses vénales
et les non vénales serait rejetée comme exces-
sive et paradoxale, les économistes, se retran-
chant dans les règles de l'utile, auraient
prouvé, ainsi que je l'ai fait dans la première

partie de cet écrit, que l'œuvre artistique et littéraire étant un *produit*, et ce produit entrant dans la consommation par la voie de l'échange, il ne saurait y avoir lieu, dans aucun cas, à une constitution de propriété.

Ces principes sont ceux de la justice éternelle ; ils marquent le point précis où l'économie politique touche à la morale et ne fait plus qu'un avec elle ; ils n'ont jamais fait défaut à aucune société, à aucune époque. Ceux qui oseraient les nier ressembleraient à ces patriciens de l'ancienne Rome, qui refusaient le mariage et la religion à la plèbe, la jugeant indigne de ces hautes communications ; ou bien encore à ces propriétaires d'esclaves qui n'estiment pas qu'un nègre vaille la peine d'être baptisé.

N'avons-nous pas nous-mêmes nos politiques qui protestent contre l'instruction donnée aux masses ? N'avons-nous pas notre monopole des journaux, monopole qu'on ne cesse, depuis quarante ans, de reprocher au gouvernement, mais dont s'accommodent si bien les critiques monopoleurs (1)?... Certes, il est

(1) La proposition de combattre le socialisme par la

aisé de voir que si, depuis trente ans, depuis
que la question de la propriété littéraire a été
portée à nos assemblées, les principes que je
défends avaient été proclamés par la science,
si le public en avait été fortement saisi, la pensée en France n'eût jamais été asservie ; l'influence des coteries et des sectes n'aurait pas
essayé de fausser l'opinion et de la corrompre.

Comment donc l'idée d'une propriété littéraire s'est-elle emparée des esprits, au point
que nous la verrons tout à l'heure érigée en
loi de l'État chez la nation la plus policée de
l'Europe ? Il y a là un phénomène à étudier,
qui accuse un égal abaissement du sens esthétique et du sens moral, et qu'il est impossible
de passer sous silence.

L'opinion, actuellement fort répandue, d'une
propriété intellectuelle, tient à plusieurs
causes. Pour les économistes, elle vient sur-

suppression des écoles a été produite sous la république,
et, si je ne me trompe, par M. Thiers. Quant au journalisme, j'ai montré, dans une autre publication (*Du
principe fédératif*, 3ᵉ partie, ch. 1), quels sont les
vrais auteurs de la vénalité et de la servitude de la
presse.

tout de leur entraînement à prouver que les
écrivains et les artistes, que le vulgaire est
enclin à regarder comme des parasites, sont
de vrais producteurs, et qu'à ce titre ils mé-
ritent rémunération ou indemnité, sinon salaire ; elle tient encore, cette opinion malheureuse, au zèle inconsidéré qui depuis 1848
s'est emparé des gens pour la défense de la
propriété. C'est une exagération de polémique,
rien de plus. Mais du côté du public, l'erreur
est bien autrement profonde. Elle a sa source
dans la démoralisation générale causée par la
commotion de 89 et 93 , démoralisation qui
n'a fait que s'aggraver et s'étendre depuis
soixante-dix ans, à travers une série de cata-
strophes.

La Révolution entreprise par la nation
française, il faut le reconnaître, embrassant
la société dans toutes ses couches et dans tout
son système, dépassait notre portée. *C'était,*
disait Barrère exilé, *plus fort que nous.* Nos
pères se comportèrent au commencement
avec bravoure ; puis ils fléchirent, et nous
n'avons fait que rétrograder. Je ne sais si
d'autres eussent été plus vaillants ou plus heureux ; toujours est-il que nous avons succombé

à la tâche. Or, si une révolution menée à fin
est une régénération, une révolution manquée
est une cause d'affaissement moral et de décadence. Rebutés, découragés, nous sommes
tombés de toute la hauteur de nos principes.
Après avoir perdu la foi en nous-mêmes, nous
l'avons perdue dans nos idées et dans nos institutions; nous sommes devenus sceptiques
à l'endroit même des choses qui excluent
essentiellement tout scepticisme, le bien, le
beau et l'honnête ; et ce qui nous distingue à
cette heure aux yeux du monde est une incon-
sistance de raison, une faiblesse de caractère
et une lâcheté de conscience désespérantes.
L'homme est condamné au combat et à la
victoire : quand l'énergie tombe, les idées
s'écroulent bientôt; l'honneur et la dignité
s'abiment à leur tour, et il ne reste que pu-
tréfaction.

§ 7. — Défaillance politique : cause première du
mercenarisme littéraire.

Une vérité n'est définitivement établie que
lorsque l'erreur contraire est expliquée. Or,
comme il s'agit ici de nous, de notre passé, de

notre avenir : comme la loi proposée se rattache, par son idée et ses conséquences, à l'évolution des quatre-vingts dernières années, j'ai cru qu'il ne serait pas inutile de rapporter le rameau à l'arbre et d'en observer de plus près la végétation. J'abrégerai, autant qu'il dépendra de moi, ces considérations. D'ailleurs, je n'oblige pas le lecteur à tout lire ; je crois seulement qu'il est de mon devoir de ne rien omettre.

Je disais donc que nous avons été impuissants ou malheureux dans notre entreprise de réforme ; que la démoralisation était venue à la suite ; et que cette défaillance nationale avait son expression, entre autres, dans la vénalité littéraire et dans le projet de convertir les produits du génie en propriétés.

A l'appui de ces propositions je demande à citer quelques faits.

Ainsi, nous avons essayé de nous emparer de la monarchie et de la façonner au rôle nouveau que lui assignait la liberté. C'était une des conditions du problème révolutionnaire : nous n'avons pas réussi. L'Anglais nous avait ouvert la route et donné l'exemple. Il s'était dit : « Je suis monarchiste, et je veux conserver chez moi le principe et l'institution de la royauté. Mais cette royauté sera telle que je la veux, non telle qu'elle voudrait être ; le roi régnera, représentera, nommera les ministres, exercera sa part d'influence, servira de trait d'union et de point de ralliement entre le gouvernement et la volonté nationale, exprimée par la majorité. Mais il ne gouvernera pas, n'administrera point : c'est moi qui me gouvernerai et qui m'administrerai. Le prince n'aura pas d'autre pensée que ma pensée, et ses amis devront être mes amis... »

L'Anglais, se tenant à lui-même ce langage, n'avait garde d'ajouter, comme l'Espagnol, *y sino no*, ce qui aurait impliqué qu'il laissait l'option au prince et lui mettait le marché en main. L'Anglais est moins superbe et bien autrement fort que l'Espagnol. Il voulait un roi, mais à sa guise, et il l'eut. Le peuple anglais a assez de mauvais côtés pour qu'on lui rende la justice qu'il mérite : je regarde la discipline de la royauté comme le fait le plus remarquable de l'histoire d'Angleterre. Il en coûta des siècles de luttes : un roi, ce fut l'un des plus honnêtes, périt sur l'échafaud ; un autre, obstiné entre tous, fut expulsé avec sa race ; le *loyalisme* anglais en pleura. Mais la royauté fut domptée, assouplie; elle vit aujourd'hui dans la meilleure intelligence avec le pays.

La France aussi est monarchique : je ne sais pourquoi l'*Indépendance belge*, un journal aussi peu républicain que possible, me faisait une espèce de reproche de l'avoir dit. La France est monarchique jusqu'à la moelle des os, jusque dans le dernier atome de sa démocratie. En vain, depuis trente ans, le déroulement des faits, la raison des intérêts, la dialectique parlementaire, la portent ailleurs; l'instinct l'emporte. Sous une forme ou sous une autre, dictatoriale, impériale, présidentielle, légitimiste, orléaniste, la France est monarchique, la démocratie française, par sa politique militaire, le confesse hautement, et ceux qui ne l'avouent pas le pensent.

La monarchie absolue devenue impossible, la France a donc entrepris, comme l'Angleterre, de convertir son vieux despotisme. Elle a amené la royauté de Versailles à Paris, elle l'a ramenée de Varennes, elle lui a fait jurer une constitution, elle l'a coiffée du bonnet rouge, puis elle l'a guillotinée. Plus tard, elle a abandonné Napoléon Ier, chassé Charles X, démoli Louis-

Philippe; par deux fois elle a fait mine de se
mettre en république, et par deux fois elle a
glissé dans l'Empire. Pouvons-nous nous flatter
d'avoir vaincu, dompté, façonné le principe
monarchique, dont nous ne savons d'ailleurs
nous séparer? Avons-nous, en fait de gouver-
ment, celui que nos pères, en 1789, consul-
tant à la fois leur génie monarchique et leurs
aspirations libérales, choisirent, à tort ou à
raison, comme le plus propice, et que la plupart d'entre nous réclament encore, je veux
dire un système politique tel que l'avait pres-
senti Montesquieu, que le concevait Turgot,
que le voulut l'assemblée constituante, que la
Charte de 1814 et de celle de 1830 essayèrent de
réaliser et que le gouvernement de Napoléon III promet de nous donner un jour, si
nous sommes sages?

Non, la monarchie n'a pas été chez nous
franchement constitutionnelle; notre impuissance à la morigéner, comme à nous en
passer, a été telle que, sans vouloir entendre davantage parler de république, nous
avons fini par laisser à notre fougueux cour-
sier la bride sur le cou. Cet état de choses
n'est que transitoire, direz-vous. Sans doute.

tout est transitoire dans cette vie. Le besoin de liberté devenant chaque jour plus
intense, les affaires publiques et les affaires
privées de plus en plus solidaires, on est induit
à supposer, et les avances faites depuis deux
ans par le gouvernement impérial viennent à
l'appui de cette hypothèse, que la nation française rentrera, sinon dans la plénitude de son
autocratie, au moins dans une part plus grande
de son gouvernement. Mais outre que ce n'est
là qu'une induction, à laquelle le caractère
connu du pays commande de se fier peu, qui
ne voit que cet heureux progrès, couronne-
ment de l'édifice, résulterait alors de la force
des choses, que dis-je? de la prudence du gouvernement lui-même, nullement de la volonté
de la nation? Ce serait comme en 1848, où
tout le monde se trouva républicain par nécessité, sans que personne pût se flatter d'avoir
vaincu la monarchie.

J'insiste sur ce fait, que nos historiographes
expliquent d'une façon commode, en disant
que la faute fut aux princes, qui tous manquè-
rent à leurs promesses et forcèrent le pays à
les rejeter. Comme s'il n'était pas de l'essence
du Pouvoir d'empiéter sans cesse! Si grands

que soient les torts d'une femme, le divorce
laisse toujours planer un doute sur la capacité
du mari : que penser quand on voit le même
homme divorcer coup sur coup jusqu'à quatre
fois ? Toutes nos luttes ont été des querelles de
ménage, à la suite desquelles la monarchie,
un moment éliminée, est toujours rentrée
triomphante, tandis que le pays, l'élément
mâle, a constamment manqué de tenue et de
décision. Nous n'avons pas fortement voulu la
constitution de 91, déconsidérée avant d'avoir
été mise en vigueur, et nous avons glissé dans
la république de 93, que nous ne voulions pas
du tout. Lorsque après le 18 brumaire Sieyès
tenta pour la seconde fois de nous initier au
système constitutionnel, nous applaudîmes aux
paroles de Bonaparte disant qu'il ne voulait
pas être *un cochon à l'engrais*; tant notre lé-
gèreté comprenait peu ce que devait être la
monarchie nouvelle. Nous avons péroré sous
la Restauration, mais sans prendre la Charte
au sérieux, faisant chaque jour échec au roi,
et nous vantant après d'avoir joué la *comédie*.
Les vieux Bourbons n'étaient pas difficiles à
brider cependant, et Charles X n'était pas un
Jacques II. Après 1830, quand M. Thiers,

dans un instant de verve, prononça son fameux adage, *Le roi règne et ne gouverne pas*, nous ne sûmes y voir qu'un sarcasme de sujet révolté : ce fut un argument de plus pour le parti républicain. Le gouvernement du roi citoyen fut emporté comme l'avait été celui du roi chevalier : mais, la belle avance ! Il s'agit d'atteler le lion, non de le tuer. Je ne voudrais pas décourager les amis de la liberté ; mais il faut qu'ils se le disent : jusqu'à ce que les idées sur la nature et les conditions du gouvernement se soient réformées, et que la condition générale de la société européenne soit changée, le Pouvoir, en France, restera maître ; il reviendra toujours à son type, qui est Clovis, Charlemagne, Louis XIV, ou Napoléon. Jamais, en face de l'Autorité, le peuple ne portera le haut-de-chausses.

Dernièrement, à propos du 21 janvier, certains journaux crurent devoir prendre la défense de la Convention et maintenir le bien jugé de la condamnation de Louis XVI. Le moment, il faut l'avouer, était singulièrement choisi pour une pareille manifestation !... Ce régicide qui aurait sa valeur, que l'histoire avouerait peut-être si, comme celui de

Charles Ier, il avait eu pour résultat de fonder
d'une manière durable, sinon la république,
au moins la monarchie constitutionnelle), cette
exécution du *tyran Capet* s'élève contre nous.
Ce fut un acte, non d'énergie et de haute justice, mais de colère et de peur. On le vit,
lorsque ceux qui avaient voté la mort du roi,
Sieyès, Cambacérès, Fouché, Thibaudeau, se firent courtisans de l'Empereur ; lorsqu'en 1815
Benjamin Constant, le soi-disant tribun, se
chargea de rédiger pour le revenant de l'île
d'Elbe l'*Acte additionnel*, dans lequel le principe fondamental de la monarchie constitutionnelle, représentative et parlementaire, posé par
la Charte de 1814, est si subitement escamoté.

La conséquence de tout ceci est que depuis
89 nous sommes entrés dans une crise. La
Révolution n'est pas terminée, comme le disaient, en 1799, les consuls ; elle n'est pas
davantage refoulée, comme s'en vantèrent
après 1814 les émigrés : elle n'est qu'enrayée.
La religion de la royauté s'est affaiblie ; mais
le principe, mais la pratique sont restés intacts :
et comme la république, après deux expé-
riences malheureuses, n'est pas encore définie,
comme ses tendances sont à rebours de ce que

nous aimons et cherchons dans la monarchie, il s'ensuit que nous n'avons ni foi monarchique ni conviction républicaine. Nous suivons une routine ; en fait, nous n'avons pas de principes politiques, incapables que nous sommes également, à l'heure où j'écris, de vivre avec ou sans un maître. Toute notre énergie est une énergie de théâtre. Au lieu du *self government,* dont la réalité se cache en Angleterre sous les insignes de la monarchie, nous avons le fonctionnarisme, rendu populaire par l'*admissibilité de tous les citoyens aux emplois;* au lieu d'une république fédérative ou d'une monarchie entourée d'institutions républicaines, nous avons le démocratisme, qui n'est autre chose qu'une variété du despotisme ; en dernière analyse, un gouvernement qui, de quelque part qu'il vienne et quelque nom qu'il porte, simple mandataire, est forcé, à peine de périr, d'agir en souverain ; et une nation soi-disant souveraine, qui, avide de subventions et de places, prenant l'État pour une vache à lait, et se jugeant assez libre pourvu qu'elle tette, se fait la servante de son élu et s'imagine exploiter son gouvernement.

Conclusion : une nation tombée dans l'in-

différence politique est dans la pire des conditions pour avoir une littérature politique ; et
il est fatal que les écrivains qui, dans les journaux ou dans les livres, traitent de matières
politiques, économiques et sociales, deviennent insensiblement comme ces honnêtes em-
ployés qui *servent leur pays sous tous les gouvernements.*

§ 8. — Anarchie mercantile : deuxième cause du
mercantilisme littéraire.

La même démoralisation qui, en politique,
a produit parmi nous de si tristes fruits, n'a
pas causé de moindres ravages dans la sphère
des intérêts et dans celle des idées.

Avant 1789, le Tiers-État avait été refoulé,
la roture méprisée. Le monde de la production utilitaire, qui formait les quatre-vingt-
dix centièmes de la nation, et qui avait bien le
droit d'être compté pour quelque chose, n'occupait que le troisième rang. Cette subalternisation fut pour nous un irréparable malheur. La Révolution ayant éclaté, les masses
populaires et bourgeoises font irruption dans

l'arène, chassent clergé, noblesse, royauté, et,
d'un seul coup, se trouvent propriétaires du
sol et maîtresses du pouvoir. C'eût été magnifique, si la puissance de réédification avait été
égale à celle de démolition. Après vingt-cinq
ans de guerre, le torrent débordé rentre dans
son lit : alors il s'agit d'organiser le régime
industriel, appelé depuis 1789 à succéder au
régime féodal. On avait passé d'un bond du
système des corporations et maîtrises à celui
de libre concurrence : une constitution économique était à créer sur ces ruines.

Mais ici encore la tâche est trop lourde :
la nation ne sait pas calculer son effort, disposer ses moyens, marcher au but avec intelligence et fermeté. L'arbitraire qu'on laissait
au pouvoir, faute de savoir le contenir, on le
voulait, à un autre point de vue, pour quiconque s'occupait de commerce et d'industrie.
L'anarchie mercantile, dénoncée dès sa naissance par Sismondi, parut le dernier mot de
la science et de la révolution. Aussi qu'arrive-t-il?

Une des misères de notre révolution est que
depuis 1789 nous n'avons eu plus rien de suivi,
rien de traditionnel. Cela est sensible dans la

succession de ces gouvernements à courte
échéance, qui ne tiennent point l'un à l'autre,
et dont nous payons à tour de rôle le stérile
apprentissage. Or, ce qui est vrai du pouvoir,
l'est encore plus de la bourgeoisie. A dater de
92, elle subit une métamorphose : tout en elle
change de style et d'aspect. Une génération
fraîchement sortie de dessous la motte, aussi
étrangère à l'esprit bourgeois qu'aux mœurs
nobiliaires, dont le titre est dans l'acquisition
des biens nationaux et l'abolition des vieux
cadres, prend la place, l'habit, le nom de l'ancienne bourgeoisie. C'est elle qui désormais
fait l'opinion et dirige le mouvement. Apre à
la curée, féroce aux souvenirs de l'ancien régime, elle ne s'aperçoit pas qu'elle refait, sous
une autre forme, le système aboli. La féodalité
du capital jette ses fondements. L'autre féodalité avait pour base, pour raison et pour sanction, la foi religieuse, tout un ordre de relations ultra-mondaines. Maintenant nous sommes
revenus au matérialisme primitif, au culte gros-
sier et sans voile des intérêts.

Ici pourtant, comme tout à l'heure, nous
avons cru suivre l'exemple de l'Angleterre.
Mais la situation n'était pas la même. L'An-

gleterre, en donnant l'essor à l'industrie, apanage de la classe bourgeoise, avait conservé
son aristocratie terrienne et son clergé ; elle
avait un système social, une religion nationale,
une philosophie pratique, qui la garantissaient
contre les aberrations de la politique et les
excès de la spéculation. Elle avait, enfin, le
monde entier pour clientèle et l'Océan pour
empire.

Le résultat de cet entraînement fut une subversion économique aussi humiliante pour
notre amour-propre que funeste à notre fortune. La richesse de la France, sa force, est
dans un système de petites propriétés, de petites industries, équilibrées entre elles et servies par quelques grandes exploitations, juste
le contraire de ce qui existe en Angleterre, et
que nous nous efforçons ridiculement d'importer chez nous depuis un demi-siècle. On ne l'a
pas compris : c'est un de nos travers de dédaigner nos avantages et de nous enflammer
pour l'imitation d'autrui. Pendant quelques
années, la *prospérité a été croissante :* qu'est-
elle aujourd'hui? Le paupérisme assiége toutes
les classes de la nation. L'anarchie économique agissant à son tour sur le moral, les âmes,

déroutées par l'insuccès politique, se sont assombries. Sous Louis-Philippe, tandis que le gouvernement favorise le développement de l'instruction primaire, l'intelligence bourgeoise, infectée par l'utilitarisme, décline à vue d'œil. La bourgeoisie renonce à ces *bonnes études* qui, aux siècles précédents avaient fait sa gloire, leur préférant une éducation toute mathématique et industrielle. A quoi bon les Grecs et les Latins? A quoi bon la philosophie et les hautes sciences, et les langues, et le droit, et l'antiquité? Faites-nous des ingénieurs, des contre-maîtres, des commis!... Les découvertes de l'industrie moderne achèvent d'aveugler cette caste boutiquière : ce qui devait élever les esprits ne fut qu'une victoire de plus pour l'obscurantisme. De ce moment, la science de la richesse, l'accord des intérêts, n'apparaissent que par leur côté anti-esthétique. L'*Économie politique*, a dit M. Thiers, *est de la littérature ennuyeuse* ; elle est tombée en réclame. La propriété intellectuelle, la littérature vénale, est une de ses inspirations.

Un fait qui montre comment la nouvelle bourgeoisie entend le commerce des idées et

la pratique des arts libéraux, est la manière
dont elle exploite le journalisme. Vous repro-
chez à ce directeur de journal ses complai-
sances envers le pouvoir, ses réticences, ses
lâchetés. Il vous répond, le plus sérieusement
du monde : Mais, si je fais ce que vous dites,
je recevrai un avertissement. — Faites-vous
avertir. — Je serai suspendu. — Faites-vous
suspendre. — Je serai supprimé. — Faites-
vous supprimer. — Et mon capital, il faut
donc que je le perde? — Perdez votre capital,
mais ne transigez pas avec votre conscience.
Sur ce l'honorable publiciste, scandalisé, vous
tourne le dos. Évidemment cet homme, que
le vulgaire accuse de s'être vendu au Pouvoir,
est libre de tout engagement avec le Pouvoir.
A quoi bon l'acheter? Il est possédé par son
capital, et cette possession est la plus forte
des chaines, et pour le Pouvoir une garantie
plus sûre que toutes les trahisons.

Ainsi nous avons échoué dans notre tenta-
tive de révolution économique comme dans
notre essai de réforme politique : de ce double
échec il nous est resté, avec un sentiment
profond d'impuissance, une altération non
moins profonde de notre sens moral. Nous ne

sommes ni des dompteurs de rois ni de véritables entrepreneurs, et nous avons perdu, avec
l'intelligence de notre fonction humanitaire,
jusqu'à l'instinct de notre indigénat. Nos âmes
détraquées, ne recevant plus les inspirations
du sol, ont cessé d'être gauloises, et nous ne
sommes pas même de notre pays. Il existe
parmi nous des constitutionnels, des républi-
cains, des catholiques et des voltairiens, des
conservateurs et des radicaux : tout cela est
pour l'enseigne. De pensée politique et sociale,
il n'y en a réellement pas, et notre nationalité,
toute dans l'officiel, étouffée par l'affluence
étrangère et par des mœurs factices, est devenue un mythe. Quelle partie faisons-nous dans
le concert européen? Impossible de le dire.
Aussi le monde va sans nous, en garde seulement contre nos cinq cent mille baïonnettes.
Il y a soixante-quatorze ans que le Tiers-État,
qui demandait modestement, par la bouche
de Sieyès, à devenir quelque chose, est devenu tout : et depuis qu'il est tout, il ne sait
que vouloir, il semble avoir donné sa démis-
sion!...

Parlerai-je de philosophie? Un simple rapprochement suffit.

Au seizième siècle, l'Allemagne s'était dit :
« La prostituée dont il est parlé dans l'Apo-
calypse, c'est la Papauté; Rome, la nouvelle
Babylone, infidèle à Christ, a détruit le règne
de Christ. Mais moi je suis chrétienne, et je
sauverai la religion... » Et l'Allemagne, se
séparant de l'Église, opéra la Réforme. La
piété refleurit sur la terre; l'influence protes-
tante s'étendit jusqu'au sein de l'Église, forcée,
en condamnant l'*hérésie*, d'obéir au mouvement. De cette réformation, inconséquente
mais généreuse, sortit, trois cents ans plus
tard, par le travail de la pensée libre, une
philosophie splendide, la philosophie germanique, qui aujourd'hui soutient, nourrit, élève
toutes les âmes en Allemagne; qui, en les affranchissant du dogme, les soumet aux conditions juridiques de la liberté. J'avoue que
l'œuvre de Luther était moins difficile que
celle de Mirabeau. Mais enfin Luther a été
entendu de sa nation, il a été suivi; la race
germanique, de même que la race anglo-
saxonne, a fait ce qu'elle voulait et comme
elle le voulait; tandis que nous avons délaissé,
honni Mirabeau, et que nous en sommes à
nous demander encore ce que voulait le su-

blime tribun et ce que voulaient nos pères. A
l'heure où j'écris, l'Allemagne travaille à sa
constitution fédérative et républicaine, et con-
tinue, par des voies à elle, l'œuvre suspendue
de 1789. Ainsi marche le peuple allemand, d'un
pas lent mais assuré. Sa pensée, souvent
nuageuse, est le sel de la terre; et tant qu'on
philosophera entre le Rhin et la Vistule, la
contre-révolution ne prévaudra pas.

Nous aussi au seizième siècle nous avons été
visités par la Réforme, et nous l'avons pro-
scrite deux fois, d'abord sous le nom de Cal-
vin, puis sous celui de Jansénius. Au dix-
huitième siècle, il est vrai, nous essayons de
prendre notre revanche en appelant à nous la
philosophie. La philosophie française, Hegel
l'a dit, fut la sœur aînée de la philosophie al-
lemande. L'une posa les principes, l'autre dé-
duisit les corollaires. Inaugurée par une élite
puissante, composée des Fréret, des Montesquieu, des Voltaire, des Condillac, des Diderot, des d'Alembert, des Buffon, des Con-
dorcet, des Volney, on pouvait l'appeler également philosophie de la nature et philosophie
du droit, avec le sens commun pour interprète.
De là est partie la foudre de 89. Mais la philo-

sophie reste chez nous individuelle ; la masse
ne se l'assimile point. Nous avons produit, en
tous genres, des génies égaux aux plus grands :
soyons-en moins fiers, nous les avons traités
comme des ermites. Si nous les visitons quelquefois, c'est pure curiosité. Leur pensée est
comme la semence de l'Évangile, dont les
oiseaux de la terre se nourrissent, mais que
nous laissons, quant à nous, sécher sur le roc.
Les conclusions de la science ne nous profitent
en rien. Nous avions trop cru lorsque nous
nous mîmes à réfléchir ; nous avions eu trop
de foi, pas assez de vertu. Aux premières
clartés, nous fûmes renversés comme saint
Paul sur le chemin de Damas, et nous ne nous
sommes pas relevés. De nos penseurs, nous
n'avons retenu que les gaietés et les blas-
phèmes. Après les orgies de 93 et du Directoire, la multitude retourna au vieil autel ;
Bonaparte rouvrit les églises, et tout fut dit.
Les plus hardis se cantonnèrent, qui dans le
mysticisme, qui dans le libertinage ; le reste
coula dans l'indifférence. De cette indifférence
est né l'éclectisme, macédoine métaphysique,
philosophie de bric-à-brac. Voulez-vous du
spiritualisme, du matérialisme, du déisme, de

l'écossime, du kantisme, du platonisme, du
spinosime ? Voulez-vous accorder votre religion avec votre raison ? Parlez ; il y en a pour
tous les goûts et à toutes les doses ; il y en a
pour toutes les bourses... Nous ressemblons
aux compagnons d'Ulysse changés en pourceaux par une fée, et qui avaient conservé de
leur nature d'hommes juste ce qu'il fallait pour
tourner en dérision tout ce qui est de l'homme.
Notre conscience est comme ce champignon
des prés qui, désséché en automne, répand
une poussière infecte, et que l'ironie rustique
appelle d'un nom que l'honnêteté défend de
dire. Tout ce que nous respections jadis est
par nous souillé ; nous agiotons sur le droit et
le devoir, sur la liberté et l'ordre, sur la vérité
et la fantaisie, comme sur les titres d'emprunt
et les actions de chemins de fer. Ni la morale
humaine, ni la valeur vraie des choses, ni la
certitude des idées et la fidélité aux principes
ne nous occupent ; nous spéculons sur les
fluctuations. Tout nous est occasion et matière
de jeu ; nous escomptons jusqu'à des éventua-
tualités de banqueroute, et dans cette propriété pour laquelle nous affectons tant de
zèle, nous ne cherchons que le produit net.

§ 9. — Décadence de la littérature sous l'influence du
mercenarisme. Transformation prévue.

« La littérature est l'expression de la société : » ce mot, tant de fois cité, reçoit en ce
moment une confirmation sinistre. Que peut
être une littérature dans les conditions politiques, économiques et philosophiques que je
viens de dire? Que peut être la conscience littéraire et la dignité de l'art?

Après la chute du Directoire, la littérature
française, expression du dix-septième et du
dix-huitième siècles, cessa tout à coup d'être
en rapport avec la situation des esprits. La
France de 1804 pouvait-elle comprendre Bossuet, Voltaire ou Mirabeau?... La chute fut
subite, immense. Le roi des beaux esprits fut
Fontanes : qui a lu Fontanes ? Napoléon faisait ses délices d'Ossian : qui lit Ossian ?
Qu'est devenue la littérature impériale ?

Sous la Restauration, qui, en rappelant le
passé, ranima l'esprit bourgeois, il y eut deux
courants : l'un de littérature positive, remarquable surtout par les travaux d'histoire;
l'autre de littérature rétrospective, le roman-

tisme. La première, estimable, mais scep-
tique et froide, n'arriva pas au sublime : le
second fut le chant de l'eunuque. Les œuvres
sérieuses de notre siècle dureront encore,
grâce aux matériaux qu'elles contiennent : le
romantisme est fini. Chateaubriand est passé :
qui eût cru, en 1814, qu'un si grand homme
passerait? Et bien d'autres passeront qui ne se
soutiennent que par la puissance des coteries
et la vertu de la réclame.

A partir de 1830, la France industrialisée a
définitivement rompu avec sa tradition littéraire; alors aussi la décadence générale devient plus rapide. La littérature française,
méconnaissant son génie propre, se souciant
peu de rester elle-même, s'engoue de l'étranger dont elle fait des pastiches, perd le sentiment de la langue, qu'elle torture et corrompt.
L'idée manquant, on se jette dans le faux et
l'outré; on fait du placage littéraire; on étend
sur des brutalités, sur des turpitudes, les
formes créées par les maîtres; on fabrique du
style avec du style, comme on fait au collège
des vers latins avec le *Gradus ad Parnassum*,
comme ces Italiens qui, ne produisant plus
d'œuvres originales, fournissent, d'après les

15

maîtres, des statues, des bas-reliefs, des co-
lonnes et jusqu'à des temples, pour l'expor-
tation. Cela s'appelle écrire. Pour se donner
une apparence d'originalité et de profondeur,
on refait les règles, on dénigre les classiques,
qu'on ne comprend seulement pas; on remplit des bouts-rimés impossibles : on revient à
la langue des troubadours; on réhabilite, au
nom de la nature, le laid; on cultive le vice et
le crime; on déborde en descriptions, en déclamations, en conversations diluviennes;
mais le bulletin de la librairie enregistre le
succès. Cela s'appelle littérature.

Est-il vrai, oui ou non, que pour la majorité
des lettrés la littérature est un métier, un
moyen de fortune, pour ne pas dire un gagne-
pain? Or, il n'y a pas ici de distinction à établir : dès que l'écrivain entre dans la voie du
mercantilisme, il la parcourra tout entière. Il
se dira que servir la vérité pour elle-même et
la publier quand même, c'est se rendre tout
le monde hostile ; que son intérêt lui commande de se rattacher à l'une ou à l'autre des
puissances du jour, coterie, parti, gouvernement ; qu'avant tout il lui importe de ménager
les préjugés, les intérêts, les amours-propres.

Il suivra le va-et-vient de l'opinion, les variations de la mode ; il sacrifiera au goût du moment, encensera les idoles en crédit, demandant son salaire à toutes les usurpations, à
toutes les hontes (1).

(1) L'art de vendre un manuscrit, d'exploiter une
réputation, d'ailleurs surfaite, de pressurer la curiosité
et l'engouement du public, l'agiotage littéraire, pour le
nommer par son nom, a été poussé de nos jours à un
degré inouï. D'abord, il n'y a plus de critique : les gens
de lettres forment caste ; tout ce qui écrit dans les journaux et les revues devient complice de la spéculation.
L'homme qui se respecte, ne voulant ni contribuer à la
réclame, ni se faire dénonciateur de la médiocrité,
prend le parti du silence. La place est acquise au charlatanisme. Mais le grand moyen de succès est le haut
prix auquel se vendent les auteurs. On annonce que tel
ouvrage, impatiemment attendu, annoncé avec mystère,
va enfin paraître : l'auteur a traité avec telle maison de
librairie pour le prix de 30,000, 100,000, 250,000 et
500,000 fr. Il existe, à ce qu'il paraît, des exemples de
pareils marchés. Le plus souvent, chose dont on n'a
garde d'informer le public, ces prix fabuleux sont payés
par une commandite dans laquelle l'auteur entre pour
la plus forte part, en sorte que, liquidation faite, il lui
revient le dixième de la somme annoncée. Un gros
chiffre, même purement nominal, est ce qui flatte le
plus la vanité des écrivains. Tel préférera pour son
éditeur un charlatan qui lui promet 100,000 écus et
fait banqueroute, à un libraire sérieux, qui aurait payé,

C'est ainsi que notre littérature s'est enga-
gée dans une dégradation sans fin. Parce
qu'elle a méconnu la première loi de l'homme
de lettres, qui est le sacrifice, et qu'elle poursuit le profit, elle est devenue, en moins d'un
demi-siècle, d'abord une littérature factice,
puis une littérature de scandale, enfin une littérature de servilité. Combien sont-ils ceux
qui croient que les lettres, en quelque genre
que ce soit, ont surtout pour mission de défendre le droit, les mœurs, la liberté ; que le
génie même n'existe qu'à la condition de les
défendre ? Jamais, en présence d'événements
aussi pleins de leçons, la poésie et la prose,

argent sur table, 50,000 fr. Parfois aussi un libraire
novice, ébloui par un grand nom, se présente, court la
folle enchère, et trouve la ruine là où il avait espéré la
fortune ; cela s'appelle, en librairie, *boire un bouillon.*
Quelle gloire, pour un écrivain, qu'un pareil succès!
Puis viennent les spéculations sur le format. La primeur
en littérature est toujours chère : on commence par
attaquer les grosses bourses, après quoi l'on s'adresse
aux petites. Alors on change format, caractères, papier,
mise en page. Tel ouvrage vendu 15 fr., en deux tomes,
à ses débuts, s'est donné six mois après, en un seul
volume, pour 3 fr. Différence, 80 p. 0|0. — 80 p. 0|0!
C'est à peu près ce qu'il y a à rabattre en général, sur
les réputations et les livres.

d'ailleurs parfaitement travaillées , parurent-
elles plus vides? Quand la littérature devrait
s'élever, suivre la marche ascensionnelle des
choses, elle dégringole. A genoux devant le
veau d'or, l'homme de lettres n'a qu'un souci,
c'est de faire valoir au mieux de ses intérêts
son capital littéraire, en composant avec les
puissances de qui il croit dépendre, et se mu-
tilant ou travestissant volontairement. Il ou-
blie que de telles concessions faussent la conscience, tuent le génie , et que l'homme de
lettres est ravalé ainsi à la condition du mercenaire, peu importe à qui il a vendu sa conscience, s'il s'est livré à un trafiquant de
scandale, ou s'il a fait un pacte avec le démon.

Mais, disent-ils, c'est justement afin de relever le caractère de l'homme de lettres, de
lui assurer l'honorabilité et l'indépendance,
que l'on demande l'institution d'une propriété
littéraire... Mensonge ! Il est prouvé que la
création d'une semblable propriété, contraire
aux principes de l'économie sociale, contraire
au droit civil et politique, implique dans ses
termes la confusion des choses vénales par
nature avec celles qui ne le sont pas, et conséquemment la corruption de la littérature.

15.

Et puis, est-ce pour les auteurs eux-mêmes qu'on la demande cette propriété, ou pour les héritiers ? Quand l'écrivain se révèle, il ne possède rien ; c'est à lui de faire son nid, sans subvention ni encouragement. Souvent même, c'est contre la pensée de ses contemporains qu'il doit diriger l'effort de son génie, quitte à ne trouver sa récompense que dans le tombeau. Ce sont donc les héritiers des auteurs qu'on a en vue ; ce sont des majorats d'une nouvelle espèce, une aristocratie de l'intelligence qu'on veut établir, tout un système de corruption et de servitude organisé sous le nom de propriété !

On raconte que le consul Mummius, au sac de Corinthe, disait à l'entrepreneur chargé du transport des statues : *Si tu les brises, tu les remplaceras !* En 145 avant J.-C., les Romains n'en étaient pas encore à distinguer les beaux arts des métiers : nous, au rebours, nous sommes revenus à les confondre. N'est-ce pas ce que nous faisons, en vérité, quand nous créons des maîtrises ès-arts et ès-lettres, non plus dans le sens que les artistes donnent au nom de *maître*, mais dans le sens que lui donnait l'ancienne féodalité ? Et que de gens,

même parmi les lettrés, se flattent, *in petto*,
que le génie ne manquerait pas s'il était gras-
sement payé, et qu'un chef-d'œuvre se peut
fabriquer sur commande, comme une maison
ou un carrosse! C'est la consolation de la médiocrité de penser que les arts déclinent, parce
qu'il n'y a pas pour les artistes d'encouragement.

On dit que lord Palmerston, s'entendant
reprocher que son gouvernement ne faisait
rien pour les artistes, s'écria : *Ne sommes-
nous donc plus Anglais?* Il voulait dire que
ces sortes de choses regardent le public, non
le gouvernement. Notre dilettantisme en est
là : il n'est ni Anglais ni Français, et ne con-
naît plus rien aux lettres et aux arts. Nous
croyons qu'une nation produit des chefs-d'œuvre quand elle est assez riche pour les payer,
que Paris rebâti au prix de douze milliards
sera le miracle de l'architecture, et que les
lettres seront prospères quand les lettrés auront des rentes.

Au reste, il pourrait y avoir dans cette assimilation obstinée des créations de l'idéal
avec celles de l'utile, une idée dont les partisans de la nouvelle propriété ne se doutent

pas. La civilisation est entrée dans une éclipse.
Peut-être est-il dans la destinée générale que
cette dégradation momentanée de la lumière
humanitaire arrive. Si l'art se rabaisse au ni-
veau de l'industrie, n'est-ce point qu'en effet
l'industrie elle-même devient art ? Regardez
aux expositions : au dire des critiques, les
œuvres d'art sont de plus en plus déplorables ;
en revanche, celles de l'industrie apparaissent
de plus en plus brillantes. Est-ce que les produits de la manufacture de Sèvres, de celle
des Gobelins, ne sont pas des œuvres d'art ?
Est-ce qu'il n'y a pas un art infini dans toutes
ces machines, dans ces instruments de précision, dans ces étoffes de luxe, dans cette cris-
tallerie, dans cette librairie si richement illus-
trée ? Est-ce que ces inventions tout utilitaires,
le télégraphe électrique, la photographie, la
galvanoplastie, la machine à vapeur, les mé-
caniques à filer, à tisser, à coudre, à imprimer, à fabriquer le papier, etc., ne surpassent
pas comme conception, n'égalent pas comme
exécution, les œuvres les plus renommés de
nos peintres, de nos statuaires et de nos poëtes ?
Est-ce que l'idéal n'éclate pas dans les produits de nos industries de Paris et de Lyon,

comme dans les ouvrages de nos romanciers
et de nos dramaturges? Est-ce que l'art de la
parole, enfin, n'est pas porté à un degré émi-
nent chez nos avocats, nos professeurs, nos
journalistes, chez une foule de personnes qui
ne font aucune profession de littérature et d'é-
loquence? Eh! plût à Dieu que l'art de penser
fût aussi vulgaire ! Nous cherchons l'idéal, le
bien parler et le bien écrire, signes d'une intelligence lucide et d'une conscience saine; et
nous sommes, sans nous en apercevoir, tout
idéal. Nous parlons comme Pindare et Phébus:
grâce à cette énorme consommation de romans, de comptes rendus , de publications
quotidiennes, hebdomadaires, mensuelles, à
la portée de toutes les intelligences et de toutes
les bourses, les élégances du discours français, la substance littéraire de l'antiquité et de
l'âge moderne, sont devenues le patrimoine de
toutes les classes et ne distinguent aujourd'hui
personne. Qu'y a-t-il d'étonnant, après cela,
que la littérature et l'art soient assimilés à
l'industrie, quand tout industriel peut se dire
artiste, quand les travailleurs ont leur poésie
et les gens d'affaires leur éloquence ?

Soit donc : nous sommes en pleine transformation. Pendant un temps, pendant longtemps peut-être, nous n'aurons ni vraie littérature, ni véritable art, pas plus que dans une ère de constitutions et de rationalisme nous ne pouvons avoir de vraie royauté et de vrai sacerdoce, pas plus que sous une démocratie d'*unité*, de *nationalité*, de *gouvernement fort* et de *frontières naturelles*, il n'y a de république. Il y aura des fonctionnaires du temporel et du spirituel, très-honorables du reste, depuis 1,200 jusqu'à 100,000 fr. de traitement ; des scribes à appointements fixes ou à leurs pièces, ayant appris à écrire correctement le français et à décalquer sur toutes sortes de sujets le style des originaux ; des dessinateurs coloristes, des praticiens du marbre et du granit, habiles à s'emparer des idées des maîtres et à en débiter les chefs-d'œuvre. Ce sera bien triste, bien monotone, bien ennuyeux, quelquefois bien infâme. Consolons-nous cependant : peu à peu le public apprendra à estimer à sa juste valeur cette littérature de contrefacteurs, cet art de flibustiers ; la falsification sera vaincue, exterminée et, après un ou deux siècles de décrépitude, nous aurons une renaissance.

Soit, je le veux, j'y applaudis. Moi aussi, j'ai assez du parlage, de l'écrivaillerie, du *pia-nisme* et de l'enluminure. Mais alors, suivons la loi de l'industrie telle que l'a faite la Révolution. Des garanties de rémunération aux auteurs, aux inventeurs, aux perfectionneurs, tant qu'on voudra ; mais point de privilége, point de maîtrise, point de perpétuité. Partout, toujours, libre concurrence.

TROISIÈME PARTIE

—

CONSÉQUENCES SOCIALES

---

1. — Comment les révolutions commencent, et comment elles avortent.

Si le projet de loi pour la propriété littéraire est adopté, j'ose dire qu'il ne restera
virtuellement rien des institutions et des idées
de 89. L'esprit de la France aura fait une conversion complète : pour effacer jusqu'au dernier vestige de la Révolution, il suffira de
laisser la loi nouvelle produire ses conséquences, et de les enregistrer à fur et mesure
au Bulletin des Lois.

Un peuple ne conserve ses institutions et

16

ses lois qu'autant qu'elles répondent à l'idéal formé dans son esprit : dès que cet idéal est ébranlé, la société se transforme. Ainsi, la Révolution de 1789 fut l'abjuration de l'idéal religieux, politique et social qu'avait consacré la littérature du dix-septième siècle. De même, la réaction commencée sous le Consulat, et dont la République de 1848 a provoqué la recrudescence, est, sauf les modifications exigées par le temps, un retour à cet ancien idéal.

Sous la plume des Bossuet, des Fénelon, des Fleury, des Arnauld, des Pascal, des Bourdaloue, des dom Calmet, le Christianisme acquit une rationalité, une splendeur qu'il n'avait jamais eues, même au temps de saint Augustin et de saint Paul. Philosophie, sciences exactes et naturelles, poésie, éloquence, servirent à cette transfiguration chrétienne. Alors il y eut orgueil et joie à professer l'Évangile ; le croyant put se dire qu'il avait pour lui la raison divine et la raison humaine. Le Christianisme fut plus qu'une foi : ce fut le système du monde, de l'homme et de Dieu.

La monarchie partagea cette gloire de la religion. Prosateurs et poëtes se réunirent dans une commune adoration de la royauté, à

laquelle la théorie de la souveraineté du peuple, récemment introduite par les protestants,
ne pouvait que donner le double prestige de
la tradition et de la logique. Au dix-septième
siècle, on n'en était pas venu à concevoir le
gouvernement des sociétés comme une dépendance du droit et de la science; on partait
unanimement du principe d'autorité, incarné
selon les uns dans le prince, selon les autres
dans le peuple, dans tous les cas éclairé par
l'Église et sanctionné par ordre de Dieu. Or,
dès que l'on invoque l'autorité et l'ordre divin,
il est absurde de placer la souveraineté dans
la masse, de faire le sujet roi, d'appeler gou-
vernant ce qui précisément doit être gou-
verné.

La hiérarchie sociale, à son tour, malgré
ses misères fort apparentes, reçut la même
consécration. Si Molière, Boileau, La Bruyère,
se moquèrent des petits marquis, ils n'en
témoignèrent pas moins un profond respect
pour le principe de la noblesse, en qui l'on
trouvait une des conditions de la société et
une manifestation de la dignité individuelle.
Puisque l'on accordait, ce que l'on accorde
encore aujourd'hui, que l'égalité des biens et

des conditions est une chimère, l'institution
de la noblesse était donnée, et Fénelon dans
son *Télémaque*, Saint-Simon dans ses *Mémoires*, avaient raison de maintenir la distinction
des castes et de revendiquer pour la noblesse
plus de pouvoir et d'influence. Le crime de
Richelieu, aux yeux de ces grands publi-
cistes, fut d'avoir amoindri cette noblesse; et
l'une des réformes les plus importantes que
l'on attendait à la mort de Louis XIV, comme
on l'avait attendue à sa minorité, était une
restauration de la puissance féodale. Quant à
la bourgeoisie, organisée par corporations et
maîtrises, elle était, avec les parlements, le
plus ferme appui du système.

Après s'être formée sur la société comme
sur son prototype, la littérature avait donc
servi à la conservation de cette même société
en l'idéalisant. Cet idéalisme couvrait d'ef-
froyables abus, des vices monstrueux, mais
l'impression n'en fut pas moins profonde; c'est
par là que la France s'est soutenue jusqu'en
1789. Éclipsée pendant les douze années de
l'agitation révolutionnaire, la gloire du grand
siècle nous a de nouveau ressaisis, et le règne
de Louis XIV fut encore plus admiré de notre

époque qu'il ne l'avait été par les contemporains.

Comment la France se détacha-t-elle de
cet idéal? En autres termes, comment la Révolution devint-elle possible?

Nous le savons : le dix-septième siècle,
conservateur et croyant, avait été moins rai-
sonneur qu'artiste. Il s'était servi de la raison
pour affirmer, pour embellir le *statu quo*; sa
dominante, soutenue par trente années de
succès, fut la poésie de l'art. Le dix-huitième
siècle mit en jeu une faculté opposée : solli-
cité par la science et le mal-être, il compara
la réalité avec l'idéal, réfléchit plus qu'il n'ad-
mira : l'analyse fut sa muse; elle le conduisit
à la négation.

C'est qu'en effet la réalité, dans l'Église,
dans le pouvoir, la noblesse et la roture, était
hideuse, et que les moins prévenus contre
l'ordre établi durent croire à l'impossibilité
d'une guérison, conséquemment traiter de
mensonge l'idéal.

En deux mots, la Révolution fut une protes-
tation de la raison positive contre les sugges-
sions de l'imagination et de la foi, et tout ce
qui s'est passé depuis en a été la conséquence.

16.

L'idéal monarchique, féodal et théologal était faux, je veux dire que la réalité sur laquelle il reposait était irrationnelle, immorale, et que tôt ou tard, devant les révélations de la critique, son prestige devait s'évanouir. L'analyse du dix-huitième siècle fut irréprochable ; la Révolution en a été le fruit légitime.

Maintenant cette Révolution elle-même est outrageusement niée et mise en péril : il n'est pas plus difficile d'expliquer ce fait que l'autre.

Ai-je besoin de rappeler à mes lecteurs que dans tout ceci je n'entends accuser ni directement ni indirectement le Pouvoir, que je ne fais pas de la satire politique, mais bien de la psychologie sociale? Ce n'est pas un complot que je dénonce ; c'est un courant d'opinions que je signale, un enchaînement d'idées et de faits dont je montre la série et dont je déduirai tout à l'heure les dernières conséquences : toutes choses en dehors de l'action gouvernementale, et qui ne tombent sous la responsabilité de personne.

J'ai dit plus haut, II⁰ partie, §§ 6, 7, 8, que la décadence dont nous sommes témoins avait sa cause, non dans les principes de la Révolu-

tion, qui sont justice et science; non dans les
conclusions que nous avons essayé dans déduire, puisque ces conclusions se résument en
un développement du droit et de la liberté, —
mais dans l'insuffisance de la génération, qui
ne s'est pas trouvée à la hauteur de l'entreprise. Nous avons été pesés dans la balance,
et comme le roi Balthazar, nous avons été
trouvés faibles, *minus habentes*. Nous n'avons
résolu aucun des grands problèmes posés
par 89, et nous succombons à la fatigue et à
la démoralisation. N'ayant su idéaliser, ni par
nos institutions, ni par nos arts, ni par nos
actes, la Révolution que nous avions entreprise ; loin de là, cette Révolution ne nous
ayant laissé que des souvenirs d'horreur, nous
ne pouvions manquer de retomber sous l'idéal
du dix-septième siècle, grâce à cette littérature
splendide, un instant infirmée par la philosophie. Dès le temps de la Terreur, la France
tendait les bras à son Dieu et à son roi (1) :

(1) Robespierre, qui rétablit l'*Être suprême*, entre-
tenait une correspondance avec Louis XVIII. Cette
correspondance, que Courtois, auteur du rapport sur
les événements de Thermidor, s'était appropriée, fut
remise par lui, après la Restauration, à M. Decaze, qui

Napoléon lui rendit l'un et l'autre, lui refit des conquêtes, une noblesse, des décorations. A ce point de vue l'on peut dire que Napoléon fut un génie réparateur, organe fidèle des sentiments de son époque.

Mais la restauration énergiquement commencée par le premier Consul, faiblement soutenue par les Bourbons et par Louis-Philippe n'est qu'ébauchée; et nous sommes un peuple logicien, un peuple qui aime à épuiser ses données et à suivre une piste aussi loin qu'elle puisse conduire. Or, que dit ici le sens commun? C'est que l'esprit de critique est

---

avait fait exprès le voyage de Bruxelles pour traiter avec l'ancien régicide : c'est du moins ce qui m'a été raconté en Belgique. D'après ce qui a transpiré de cette correspondance, il ne paraît pas que Robespierre ait donné aucune espérance au Prétendant; mais n'est-ce pas un fait accusateur que la politique du triumvir ait pu être considérée par Louis XVIII et par les Puissances comme un retour vers l'ancien ordre de choses? n'était-ce pas un commencement de trahison que cet *à-parte* entre le chef de la Montagne et le frère de celui dont il avait fait voter la mort? Quant à Courtois, il reçut le salaire de tous les fourbes : on lui avait promis sa radiation de la liste des proscrits; la correspondance royale une fois ressaisie, on ne s'occupa plus de lui.

toujours déchaîné, et qu'il s'agit de s'en rendre maître.

On a beau réprimer, intimider, avertir, sévir : la législation de la presse est de peu, la censure rien : l'action des tribunaux ne sert qu'à activer le feu. D'un autre côté, il est évident que, avec la meilleure volonté du monde et en dépit de toutes les exhumations, nous ne pouvons rétrograder de deux siècles et refaire la société telle qu'elle était sous Louis XIV. Il faut ici deux choses : 1° substituer aux idées de 1789, aux croyances sérieuses du dix-septième siècle et à l'esprit de recherche du dix-huitième, des mœurs de fantaisie qui, flattant l'orgueil et la volupté, dispensent de toute philosophie, répandent le doute sur les institutions et fassent prendre en pitié les principes; 2° opérer, si j'ose ainsi dire, la nation de la faculté de raisonner, lui faire la ligature du cerveau, en un mot exterminer la critique, en plaçant les idées sous la main de l'État.

La première partie de ce programme est à peu près remplie : il n'y a plus qu'à laisser faire. L'esprit d'analyse qui distinguait la France du dix-huitième siècle a cédé la place au culte de l'art pur, de l'art sans conditions, sans soutien, conçu comme une création fantastique, affranchie de toute réalisation sociale. Nous ne sommes plus les pionniers de l'idée ; nous sommes les chevaliers de l'*idéal*. Le droit et la morale, les lois de l'histoire et de la politique n'ont de valeur, à notre jugement, qu'autant qu'ils servent de thème à cet *idéal*, devenu notre foi unique et notre unique amour. L'*idéal* est la religion de nos écrivains, quelque spécialité qu'ils cultivent, critiques, historiens, philologues, aussi bien que romanciers et poëtes. La Révolution elle-même est devenue une fantaisie. La société française, comme toutes les sociétés qui se corrompent, ne croyant plus à rien, et à elle-même moins qu'à tout le reste, est devenue purement et simplement *dilettante* : le plus prosaïque des peuples se croit artiste par excellence ; ni les principes, ni la justice, ne le passionnent plus. Le temps des idées est passé : et l'écrivain qui discute, démontre, conclut, devant un public français, n'est plus aujourd'hui de son époque. Déjà même cet essor industriel dont nous étions si fiers se ralentit : nous avouons, ce que n'eussent pas accordé nos pères, que l'Allemand et

l'Anglais nous surpassent pour la production
de tous les objets de consommation usuelle et
à bon marché; mais personne, ajoutons-nous,
ne nous égale pour les *articles de goût!* Aussi,
tandis que les Anglais, dont le commerce éga-
lait à peine le nôtre en 1788, font pour huit milliards d'affaires avec le dehors, nous atteignons
à peine à la moitié; bientôt pour peu que nous
suivions notre spécialité idéaliste, le libre-
échange aidant, nous nous verrons enlever
notre propre marché!... Qui faut-il accuser
de cette aberration des esprits? Tout le monde
et personne. C'est un fait de décadence et de
divagation sociale, comme la sensibilité de 93,
la théophilanthropie de 98, la dévotion de
1825, le romantisme de 1832, etc. On peut
en marquer l'origine et le développement
dans l'histoire; on ne saurait en méconnaître
la spontanéité.

Reste à exécuter la seconde partie du programme, la déroute de l'intelligence, si bien
préparée par ce dilettantisme ramollissant. Il
est évident que, le sens critique une fois oblitéré dans la nation, la Révolution est définitivement vaincue; la France, prétendue artiste,
qui s'imagine dominer le monde avec son *idéal,*

est déchue ; Paris, que l'on proclamait le cerveau du globe, n'est plus que la capitale des
lorettes et des marchandes de modes. Or, tel
est précisément l'effet qui serait obtenu par la
création d'une propriété intellectuelle. Et
admirez comme l'entreprise vient à point!
L'occasion est favorable, l'opinion de longue
main disposée, la nation mûre pour cette décisive révolution. Personne, à l'exception de
quelques esprits frondeurs, ne proteste : les
économistes affirment, les jurisconsultes ap-
prouvent, les littérateurs en masse applau-
dissent. Le conseil d'État est saisi, le Corps
législatif et le Sénat sont appelés à délibérer; la
presse, en majorité, a donné son assentiment.
Pourtant on se tromperait si l'on concluait de
cet ensemble à une initiative quelconque, et
l'on peut admirer ici une fois de plus cette
logique des évènements que la religion populaire a nommée Providence, et qui fait que
chaque manifestation de l'histoire, en bien
comme en mal, se produit à son heure.

§ 2. — Esprit de la loi sur la propriété littéraire.

Dans l'ancienne Égypte, le sacerdoce cumulait, avec le privilége des choses sacrées, celui de la science, de la littérature et des arts. Un des effets de ce privilége est resté visible aux regards de la postérité, dans l'uniformité de l'architecture et de la statuaire égyptiennes. A quinze et vingt siècles d'intervalle, les types ne changeaient pas. Le même caractère d'immobilité se reproduit dans les monuments de la Perse et de l'Assyrie, signe non équivoque de l'inféodation de l'industrie et des arts. On conçoit qu'avec de pareilles mœurs ces vieilles sociétés vécussent, pour ainsi dire, hors du temps. Un siècle était pour elles comme un jour : quelle gloire ! Ceux qui admirent la longue durée de ces premières monarchies devraient au moins dire à leurs lecteurs à quelles conditions elle était obtenue. A une léthargie de quarante siècles, beaucoup préféreraient les libertés de la vie nomade : la famine, la barbarie, la guerre perpétuelle paraîtraient moins désolantes.

Les partisans de la propriété intellectuelle nient qu'elle doive avoir pour résultat de neutraliser l'invention et d'arrêter le progrès en inféodant les idées et en détruisant la concurrence. Cette négation peut être citée en pré-

17

somption de leur innocence; elle ne fait pas honneur à leur perspicacité.

a) Je crois avoir démontré que les choses qui relèvent de la science et du droit sont par nature non vénales; que les travaux des artistes et des gens de lettres participent de ce caractère de non-vénalité, et qu'indépendamment des considérations d'économie politique qui ne permettent de leur allouer qu'un simple honoraire, la dignité de leur profession est un motif qui leur interdit d'exiger plus.

Or, ou la loi nouvelle n'aurait pas de sens, ou elle impliquerait que les professions appelées *libérales* ne sont, à tous les points de vue, qu'une variété de l'industrie *servile*; qu'en effet ces professions ont pour but, comme les autres, la richesse avant tout, partant la fortune des producteurs; qu'ainsi lesdits producteurs ont le droit de retirer de leurs œuvres le plus grand profit possible, en mettant à la communication de ces œuvres telles conditions qu'il leur plaît; que la première de ces conditions peut être le privilége, à perpétuité, d'en vendre des exemplaires; que soutenir la gratuité des œuvres de l'esprit, comme celle des actes de la conscience, serait attribuer aux

écrivains et aux artistes un caractère qui ne
leur appartient pas, faire d'eux les ministres
du beau, du bien et du vrai, tandis qu'ils n'en
sont que les colporteurs souvent inconscients,
en tout cas irresponsables et non garants :
qu'il n'est plus permis de dire, comme autrefois, que le poëte est le prêtre et l'interprète
des dieux, tandis qu'il n'est qu'un marchand
de cantiques et d'amulettes ; que ce langage
métaphorique ne convient plus à notre époque et ne saurait être pris au pied de la lettre,
et qu'à défaut par le législateur de pouvoir
créer dans le domaine de l'esprit une propriété analogue à la propriété foncière, ce ne
sera que justice s'il accorde à l'écrivain, en
guise d'héritage, un monopole d'une durée
illimitée.

C'est donc une déclaration de vénalité des
œuvres de philosophie, de science, de littérature et d'art, tant pour le fond que pour la
forme, que contiendra la loi. Ce premier pas
franchi, voyons la suite.

b) Pour satisfaire à la cupidité de l'homme de
lettres et lui conférer le monopole qu'il réclame,
l'État, avons-nous dit, arbitrairement, contre
toute règle de droit et tout principe d'écono-

mie, changera un contrat de vente en un contrat de rente perpétuelle. Or, en signant un pareil acte, le législateur aura fait pis que de payer à l'auteur un prix exorbitant, il aura fait abandon de la chose publique, du domaine intellectuel, et cela en pure perte, au grand dommage de la communauté.

Nous savons quel est le caractère de la production humaine, aussi bien en matière de philosophie, de littérature et d'art, qu'en fait d'industrie et d'utilité. Cette production ne consiste point en une création, dans le sens métaphysique du mot, ni des idées ni des corps, mais en une façon donnée à la matière et aux idées, façon essentiellement individuelle et passagère. Pour cette façon, et pour la priorité d'aperception qui parfois l'accompagne, vous délivrez à l'écrivain un droit qui embrasse l'idée en elle-même, c'est-à-dire ce qui est impersonnel, inamovible, commun à tous les hommes. Mais cette idée, aperçue, exprimée pour la première fois, je veux le croire, et dont vous faites si généreusement une propriété, elle eût été produite demain par un autre, peut-être plus mal, peut-être mieux; elle eût été produite, dix ans plus tard, simul-

tanément par plusieurs. C'est un fait que lorsque l'heure d'une idée est venue, elle éclot en
même temps partout, comme une semaille; en
sorte que le mérite de la découverte, compa-
rée à l'immensité de l'évolution humanitaire,
se réduit à presque rien. C'est ainsi que le
calcul différentiel a été découvert presque en
même temps par Leibnitz, Newton et Fermat,
puis, sur quelques indications du premier, de-
viné par Bernouilly. Voilà un champ de blé :
pouvez-vous me dire l'épi qui est sorti le premier de terre, et prétendez-vous que les autres
qui sont venus à la suite ne doivent leur naissance qu'à son initiative ? Tel est à peu près le
rôle de ces créateurs, comme on les nomme,
dont on voudrait faire le genre humain rede-
vancier. Ils ont vu, exprimé ce qui était dans
la pensée générale ; ils ont formulé une loi de
nature, qui tôt ou tard ne pouvait manquer
d'être formulée, puisque le phénomène était
connu ; ils ont donné une figure plus ou moins
belle à un sujet que l'imagination populaire,
longtemps avant eux, avait idéalisé. En fait de
littérature et d'art, on peut dire que l'effort
du génie est de rendre l'idéal conçu par la
masse. Produire, même dans ce sens restreint,

17.

est chose méritoire assurément, et quand la
production est réussie, elle est digne de reconnaissance. Mais ne déshéritons pas pour
cela l'humanité de son domaine : ce serait
faire de la science, de la littérature et de l'art
un guet-apens à la raison et à la liberté.

c) La propriété intellectuelle fait plus que
porter atteinte au domaine public ; elle fraude
le public de la part qui lui revient dans la
production de toute idée et de toute forme.

La société est un groupe ; elle existe d'une
double et réelle existence, et comme unité collective, et comme pluralité d'individus. Son action est à la fois composite et individuelle ; sa
pensée est collective aussi et individualisée.
Tout ce qui se produit au sein de la société
dérive à la fois de cette double origine. Sans
doute le fait de la collectivité n'est pas une
raison suffisante pour que nous nous mettions
en communisme ; mais, réciproquement, le
fait de l'individualité n'est pas non plus une
raison de méconnaître les droits et les intérêts
généraux. C'est dans la répartition et dans
l'équilibre des forces collectives et individuel-
les que consiste la science du gouvernement,
la politique et la justice.

Or, je vois bien ici la garantie donnée à l'individu ; mais quelle part a-t-on faite à la société ? Que la société doive à l'auteur la rémunération de sa peine, de son initiative, si vous voulez, rien de mieux. Mais la société est entrée en part dans la production ; elle doit participer à la récolte. Cette part à laquelle elle a droit, elle l'obtient par le contrat d'échange, en vertu duquel compensation est faite du service rendu au moyen d'une valeur équivalente. La propriété intellectuelle, au contraire, donne tout à l'auteur, ne laisse rien à la collectivité : la transaction est léonine.

Tel est donc l'esprit de la loi proposée : 1º déclaration de vénalité à l'égard de choses qui par nature ne sont pas vénales ; 2º abandon du domaine public ; 3º violation de la loi de collectivité.

Passons à l'application.

§ 3. — Appropriation du domaine intellectuel.

La conséquence invincible, fatale, de ces prémisses, malgré toutes les réserves que ferait le législateur, malgré les protestations des postulants du monopole littéraire eux-mêmes, c'est que, par la concession à perpétuité de ce monopole, ce n'est pas seulement le travestissement d'un produit en propriété que l'on a opéré, c'est l'idée elle-même, l'idée universelle, impersonnelle, incessible, inaliénable, qui se trouve appropriée. Ici, en effet, le fond est inséparable de la forme, et l'un entraîne toujours l'autre. D'où la conséquence qu'en dehors du livre monopolisé on ne pourra ni lire ni écrire; en dehors de la pensée de l'écrivain propriétaire, on ne pensera plus.

Prenons pour exemple le *Traité d'Arithmétique* de Bezout. Je suppose, pour la commodité du raisonnement, que Bezout est l'inventeur du système de numération écrite, des quatre règles, des proportions, des logarithmes, en un mot de tout ce que l'on trouve dans son volume.

Bezout publie son *Arithmétique*, pour laquelle la loi lui garantit un privilége de vente à perpétuité. Défense sera donc faite à quiconque de publier une autre arithmétique : car il est évident qu'ici le fond emporte la forme ; que les différences de rédaction ne sont rien; qu'il n'y a pas deux manières d'opérer; que les tables de logarithmes sont identiquement les mêmes ; les signes, la langue, les définitions, aussi les mêmes. Donc il n'y aura, pour toute la France, pour toute l'Europe, qu'un seul traité d'arithmétique, le traité de Bezout, et tous ceux qui voudront apprendre à calculer passeront par Bezout.

Disons-en autant des traités de géométrie, d'algèbre, de mécanique, de physique, etc. Pour cette classe innombrable de publications, dont le mérite tout entier est dans l'idée, la concurrence sera détruite : j'entends ici par concurrence la faculté de reproduire en autres termes l'idée de l'inventeur. En deux mots, le fond emportant la forme, il n'y aura qu'un seul livre : *Una idea, unus auctor, unus liber*.

Changeons d'exemple : nous venons de voir comment, dans une création de l'intelligence, le fond emporte la forme : nous allons voir comment la forme emporte le fond.

En vertu de je ne sais quelle loi de 1791, confirmée dans ces dernières années par arrêt de Cour impériale, les livres liturgiques sont devenus propriété épiscopale. Dans tel diocèse ils se vendent au bénéfice de l'archevêché ; dans tous les cas, nul n'a droit de les vendre

qu'avec la permission du prélat. Une conséquence de cette appropriation, c'est que les
livres de prières se ressemblent tous; en
sorte que le fidèle ne peut prier Dieu que
suivant la forme prescrite et dans les termes
indiqués par le supérieur ecclésiastique. Il y
a le *Bréviaire*, les *Heures paroissiales*, les
Anges conducteurs, *Pensez-y bien* et autres
ouvrages de dévotion usuelle, qui tous ne peuvent avoir cours que s'ils sont approuvés par
Monseigneur. Ici, je dis que c'est la forme
qui emporte le fond : en effet, quelle est la
substance de ces livres? Une élévation de l'âme
vers Dieu, qu'elle considère comme père,
créateur, rédempteur, justificateur, juge et
à la fin rémunérateur et vengeur. Sur cette
donnée si vague, si générale, si mystérieuse,
il est clair que l'expression varie à l'infini, et
que l'on peut faire des livres aussi différents
entre eux que la *Batrachomyomachie* diffère
de l'*Iliade*. Or, l'Église a pris les devants; elle
a rédigé des formules de prières, composé
l'Office du matin et celui du soir, avec réserve d'en donner traduction ou interpréta-
tion. C'est donc bien réellement la forme qui
emporte ici le fond : la loi aidant, personne

n'a le droit d'enseigner aux enfants à prier Dieu autrement, ni de répandre parmi les fidèles des formules d'adoration non approuvées (1).

Je dis maintenant que rien ne serait plus aisé que d'englober, soit dans l'une, soit dans l'autre de ces deux catégories, savoir les livres de science, dont le fond emporte la forme, et les livres de foi, dont la forme emporte le fond, toutes les productions de la littérature et de l'art; d'approprier, en un mot, tantôt la forme en vertu de l'idée; tantôt l'idée en vertu de la forme.

Un ouvrage de philosophie, d'économie politique, de jurisprudence, qui serait reconnu

(1) Il n'y aurait qu'un cas où le droit de produire, de publier et de vendre des prières pourrait être reconnu à un écrivain concurremment avec l'Église, ce serait celui d'une religion nouvelle. Mais il faudrait pour cela deux choses : l'une, que le principe de la liberté des cultes fût admis ; l'autre, qu'il fût bien établi que la nouvelle religion n'est pas une contrefaçon. Or, je ne crains pas de le dire, cette dernière condition est impossible à remplir, ainsi qu'il résulte de l'exemple de toutes les sectes sorties du Christianisme. Par où l'on voit que la propriété littéraire conduit juste au système de l'Inquisition.

classique, et dont les idées seraient originales,
donnerait l'exclusion de tous les écrits du même
genre, qui, variant leur rédaction, retien-
draient la même substance. Chacun sait que le
plagiat ne consiste pas seulement dans le vol
des phrases, dans l'usurpation du nom ou de
la paternité; il consiste aussi, et cette manière
de voler le bien d'autrui est de toutes la plus
lâche, dans l'appropriation d'une doctrine,
d'un raisonnement, d'une méthode, d'une
idée. Il y a une *Philosophie* de Descartes, de
Malebranche, de Spinosa, de Kant, etc.; une
Démonstration de l'existence de Dieu de Clarke,
une autre de Fénelon, une *Morale* de Zénon,
une autre d'Épicure, etc. Quelle razzia chez
les libraires, dans les bibliothèques, si, en
vertu du droit de propriété littéraire, tous
contrefacteurs, imitateurs, copistes, citateurs
et commentateurs allaient être évincés, et le
privilége de publication et modification réservé aux auteurs prétendus originaux!

Notez que ce serait logique, utile même à
certain point de vue, et moral. On mettrait un
terme à l'invasion des médiocrités, fléau de
la raison publique; on chasserait ces geais
parés des plumes de l'aigle et du paon, et l'on

imposerait une barrière au bavardage. Certes, je préfère, quoique lente et souvent faussée, la justice de l'opinion à cette police ; mais enfin de telles exigences de la part des propriétaires seraient parfaitement fondées, et tôt ou tard le pouvoir, y trouvant son compte, y ferait droit.

Quant aux œuvres d'imagination, dont l'idée n'est pas précisément dans le choix du sujet, qui est peu de chose, mais dans l'expression donnée à un idéal, il y aurait lieu également à de larges interdictions.

On dit d'un artiste dramatique, par exemple, qu'il a créé un rôle ; le véritable artiste ne se reconnaît même qu'à cette création facile à constater. Pourquoi donc un artiste rival, habile à singer, mais incapable d'inventer, s'emparerait-il de la création d'un camarade, et jouerait-il les mêmes personnages, non d'après ses propres études, mais d'après les méditations d'autrui ? Ce joueur de rôles créés par un autre n'est point un véritable comédien ; c'est une *doublure*, que l'on supporte tant qu'elle se présente de bonne foi, mais qu'il faudrait chasser si elle tranchait de l'original. Or, voyez d'ici la conséquence : pour

18

assurer les droits de l'artiste dramatique, aussi sacrés que ceux de l'auteur, il faudrait garantir au premier une redevance sur ceux qui lui emprunteraient sa mimique, chose impraticable, ou interdire la représentation, ce qui devient absurde.

Même observation pour la peinture, la statuaire, la poésie, le roman. On vole une idée politique absolument comme on dérobe une formule d'algèbre ou une invention industrielle ; il y a dans le monde des arts tout autant de gens vivant de cette piraterie que dans le monde des fabricants. Si la loi de propriété artistique et littéraire est appliquée sérieusement, elle devra prévoir tous ces cas de rapine ; il y aura des jurys d'experts pour en connaître, et, la forme emportant toujours le fond, nous en viendrons, de fil en aiguille, à approprier jusqu'aux sujets de composition, comme firent les Égyptiens, dont les prêtres avaient seuls le droit d'exécuter, d'après les types convenus, les peintures murales, les bas-reliefs, statues, sphinx, obélisques, temples et pyramides. La logique conduit là, et rien n'est impitoyable comme la logique.

§ 4. — Continuation du même sujet : Inféodation,
accaparement, favoritisme.

On vient de voir comment, de la conversion
légale du produit littéraire en propriété ren-
tifère, on arrive à l'appropriation des idées
elles-mêmes. Ce que j'ai dit jusqu'à présent
n'est que pour la théorie : je vais montrer, au
point de vue de la pratique, que rien ne serait
plus aisé à réaliser que cette appropriation.
Sur plusieurs points déjà elle existe.

Les ouvrages tombés dans le domaine public antérieurement à la promulgation de la
loi continueraient, pensez-vous, de faire partie
de ce domaine : ceux-là du moins seraient une
digue contre l'extension et l'abus des nouvelles propriétés. Il n'en est rien : les anciens
auteurs seront eux-mêmes appropriés, voici
comment.

Un professeur, un inspecteur des études,
ajoute à un auteur grec ou latin une introduction, des notes, une biographie, un lexique.
Son édition est déclarée la meilleure par le
conseil de l'Université, et seule autorisée. Or,
ces additions sont œuvre de génie, par consé-

quent propriété de l'éditeur. Permis à chacun
de réimprimer le texte antique et de l'accom-
pagner de telle glose qu'il lui plaira ; mais
défense de s'approprier le travail du commen-
tateur en crédit. Qu'arrive-t-il ? La concurrence s'arrêtant, l'accessoire emporte le prin-
cipal, et les *Géorgiques*, les *Métamorphoses*,
les *Lettres* de Cicéron, deviennent une source
de revenu, à perpétuité, pour l'annotateur qui
peut dire : Mon Virgile, mon Ovide, mon Cicéron. C'est ainsi, ou à très-peu près, que se
fait en France le commerce des livres classiques.

L'abbé Lhomond, qui se dévoua à l'instruction de la jeunesse et qui mourut pauvre, donnait ses *Éléments* de grammaire française pour
50 centimes. La grammaire de MM. Noël et
Chapsal, plus étendue, coûte trois fois autant.
On peut évaluer l'excédant des frais de publication de cette grammaire sur celle de Lhomond à 10 cent. Malgré l'énorme différence
du prix, la grammaire de MM. Noël et Chapsal
se substitua à toutes les autres ; elle devint un
objet de commerce considérable, auquel naturellement la contrefaçon ne manqua pas. J'i-
gnore si elle a été remplacée à son tour : je

parle de trente ans. Ce fut comme une mé-
tairie pour ces messieurs. Ne peut-on pas dire
cependant qu'exerçant des fonctions supérieures dans l'Université, pour lesquelles ils re-
cevaient d'honnêtes émoluments, ils devaient
en échange à l'État tout leur travail, d'autant
plus qu'ils usaient naturellement de leur po-
sition pour faire passer leur grammaire? Mais
non : on cumulait, l'État tolérait. Actuellement, à la rémunération viagère s'ajoutera un
privilége perpétuel. Donc, adieu les études
grammaticales, la critique littéraire, la lexico-
graphie, les humanités. Tout s'immobilise en
s'appropriant. Comprenez-vous maintenant
comment des écrits qui par eux-mêmes n'auraient pas dix années de durée, s'imposeront pendant des siècles?... De temps à autre, un ministre, jugeant que telle édition a vieilli,
transportera à l'une de ses créatures le privilége de vente, comme on transporte une régie
à un nouvel entrepreneur. Qu'aura-t-on à
dire? D'un côté, l'État ne fera qu'user de son
droit en déclarant que tel ouvrage lui paraît
meilleur que tel autre; de l'autre, il respec-
tera la concurrence et la propriété!...

Ce système d'inféodation peut s'appliquer

18.

de mille manières. La perpétuité d'exploitation au profit des auteurs établie, il est à croire
que les ouvrages les plus importants, les plus
populaires, n'entreront jamais dans le domaine public : les héritiers des auteurs ou
leur ayants-droit préféreront user de leur
privilège. Mais un écrivain médiocre, bien en
cour, a fait un livre qui se vend mal ; le gouvernement déclare l'utilité publique et expro-
prie le livre moyennant indemnité. Voilà le favoritisme transporté dans le domaine de la
pensée libre, de l'art libre. Que dis-je? Voilà
le vrai mérite coupé dans sa racine, neutra-
lisé par une concurrence déloyale, suscitée
au besoin par le gouvernement. Ou bien c'est
un ouvrage hors ligne, qu'il serait dangereux
de proscrire, mais qui heurte la pensée se-
crète et la politique du pouvoir : on déclare
l'utilité publique, et l'ouvrage, expurgé,
transformé, voire même supprimé, disparaît
par l'expropriation.

Naturellement il existe dans les œuvres de
Voltaire, de Diderot, de Rousseau, de Volney, une foule de belles choses, de choses
morales, vraies, utiles, que l'on n'aurait pas le
courage de perdre. Si hostile que se montre

le pouvoir à la philosophie, il se gardera bien
d'un pareil vandalisme. En revanche, on ne
saurait dissimuler qu'il se trouve dans ces
mêmes écrivains nombre de pages surannées,
entachées d'inexactitude et d'erreur, des passages licencieux et mauvais. Et puis, combien
y a-t-il de bourses qui puissent se donner les
soixante-dix volumes de Voltaire, les trente
de Rousseau, les vingt-cinq de Volney, etc. ?
On satisfait à toutes les exigences, on écarte
les inconvénients, au moyen d'*œuvres choisies*
accompagnées d'analyses, de résumés, de
notes critiques, d'appréciations générales. Ces
œuvres choisies, encouragées, récompensées
par le gouvernement, sont livrées à la consommation à des prix modiques : qui s'avisera
de réimprimer les œuvres complètes? On peut
ainsi, avec ce système légal, rationnel, moral même, faire un Voltaire chrétien, un Rousseau conservateur, un Diderot royaliste. etc.
Chargez M. de Lamartine d'éditer Rabelais
ou Lafontaine ; vous verrez ce qu'il en
fera (1).

---

1 Avec la propriété littéraire, la critique littéraire
devient impossible, condamnée qu'elle est elle-même au

Ainsi le pouvoir deviendrait maître de la
vie et de la mort des écrits ; il pourrait à volonté en perpétuer ou en abréger l'existence ;
il ferait et déferait les réputations : toute pen-

privilège et à la prostitution. Les vrais chefs-d'œuvre de
littérature sont excessivement rares ; et rien de plus
aisé que de réunir, en un très-petit espace, tout ce
qu'il y a de meilleur en un écrivain. Quarante ou
cinquante chansons, au plus, sont tout Béranger ; le
reste, c'est-à-dire trois ou quatre cents, ne vaut que
pour l'érudition. Sera-t-il permis à un critique, faisant
un cours de littérature, de recueillir ces quarante ou
cinquante petites pièces, qui avec les critiques, les
notices, etc., ne formeront pas, dans le cours, un quart
de volume ? Il y aurait à cela de graves inconvénients
pour la propriété. Car il pourrait arriver que l'on pré-
férât l'*excerpta*, avec la critique, à la collection tout
entière : dès lors plus de redevances, plus de propriété.
Les meilleurs romans peuvent être traités de la même
manière : cinquante pages de *Notre-Dame de Paris*,
citées dans un cours de littérature, avec un compte-
rendu analytique, dispenseraient de lire l'œuvre de
Victor Hugo. Toute littérature tend à se condenser en
une anthologie, toute philosophie à se résumer en
quelques aphorismes, toute histoire à se réduire en une
chronique raisonnée. D'autre part, l'œuvre littéraire
étant un produit commercial, on ne sait jusqu'à quel
point il serait permis de démonétiser un auteur, atteint,
non plus seulement dans **son amour-propre**, mais dans
ses intérêts. Que faire ?...

sée, tout talent, tout génie, serait subordonné
à son système. Aucune opposition ne tiendrait sérieusement devant lui. La propriété et
l'expropriation, la concurrence et la critique
lui seraient autant de moyens infaillibles d'arrêter toute pensée qui ne serait pas la sienne,
toute manifestation contraire à son idée. La
vie disparaîtrait de la nature, de la philosophie
et de l'art ; et nous deviendrions, comme l'antique Égypte, un peuple de momies, d'hiérogly-
phes et de sphinx (1).

§ 5. — Publications périodiques.

Le premier qui eut l'idée de créer un journal
en France, fut un nommé RENAUDOT, médecin,
fondateur de la *Gazette de France*, qui, com-

---

(1) On annonce la fondation d'un *Crédit Intellectuel*, faisant pendant au Crédit Foncier, au Crédit Mobilier, au Crédit agricole, et à toutes les espèces de
Crédit qui pullulent en France depuis dix ans. C'est
M. Enfantin qui a donné, dit-on, le plan de ce nouveau
Crédit. Je n'en ai pas encore lu les Statuts : mais je l'affirme d'avance, le Crédit Intellectuel venant compléter
la propriété intellectuelle, sera le coup de grâce de l'intelligence.

mencée en 1634 sous le ministère de Richelieu
et continuée par les fils de Renaudot, s'est
conservé jusqu'à ce jour,

L'idée du journal, tant au point de vue littéraire qu'au point de vue industriel, était une
idée évidemment brevetable, appropriable.
Voilà un homme à la fois savant, écrivain, imprimeur et libraire, qui imagine de donner
chaque matin au public, en une feuille, le résumé des faits politiques, militaires, adminis-
tratifs, judiciaires, académiques, scientifiques,
artistiques, ecclésiastiques, littéraires ; le
compte-rendu de la Bourse et des théâtres :
la mercuriale ; les accidents et les sinistres ;
les nouvelles de l'étranger ; des articles de
critique, des annonces, etc. Est-ce que ce
n'est pas là une idée merveilleuse, féconde,
capable de donner les plus heureux résultats,
non-seulement financiers, mais intellectuels et
moraux ?

En créant le journal, l'auteur a donc fait
œuvre de génie ; il a fait plus, il a créé tout
un genre nouveau de littérature. S'il est un
ouvrage qui rentre dans les conditions de la
propriété, c'est assurément celui-là.

Ce n'est pas tout ; pour atteindre son but et

donner à son entreprise toute la perfection
dont elle est susceptible, ce même homme a
constitué une commandite ; il a rassemblé des
capitaux considérables ; il s'est procuré un
matériel immense. Ses rédacteurs, choisis
parmi les lettrés les plus habiles, sont payés
fort cher ; il entretient dans tous les chefs-
lieux de province et dans les capitales de l'Europe des correspondants attentifs ; bref, rien
n'a été par lui épargné de ce qui peut donner
à sa feuille l'universalité et l'intérêt. Déjà il
a pris ses mesures pour se créer des succur-
sales en province, en établissant de petits
journaux, véritables satellites de la grande
planète parisienne. Pour satisfaire à toutes les
exigences, à toutes les bourses, il aura un résumé hebdomadaire et un mensuel, donnant
la substance du journal quotidien, ce qu'on
nomme aujourd'hui *revue*.

En vertu du principe de priorité d'invention
et d'appropriation littéraire, le roi accorde le
privilége à perpétuité et pour toute l'étendue
de ses États. Défense est faite à tous d'établir
des journaux ou publications périodiques, qui,
évidemment, ne pourraient être que des con-
trefaçons de la *Gazette*. Quoi de plus juste ? Le

prince ne ferait évidemment en cela que consacrer l'œuvre du génie ; il ne pourrait permettre
que des corsaires, instruits par l'exemple, en-
couragés par le succès, vinssent se jeter à la
traverse et se conjurer pour la ruine de l'inventeur. L'excuse donnée par la contrefaçon, qu'elle ne rapporte pas les événements
dans les mêmes termes, ni ne les envisage de
la même manière, qu'elle contient même
beaucoup de choses omises par le premier
occupant, que même il lui arrive souvent de
l'attaquer, cette excuse, dis-je, ne serait pas
admissible, puisqu'elle consisterait à faire du
droit d'avis, d'information ou de rectification
accordé à tous à l'égard du journaliste, un
droit d'usurpation de son industrie, de son
idée.

Donc voilà la nation française tout entière
inféodée à la *Gazette*, ne pensant plus que
par l'écritoire du sieur Renaudot, qui lui-
même prend le mot d'ordre de Sa Majesté !...
Les partisans de la propriété littéraire vont
dire que j'exagère les conséquences de leur
principe, pour me donner le plaisir facile de le
renverser. Mais qu'ils daignent donc considérer ce qui se passe aujourd'hui.

Par suite des conditions faites à la presse,
les journaux sont devenus des officines de la
plus dangereuse espèce, non-seulement pour
le Pouvoir, qui sait se défendre, mais pour
le pays, qu'elles ne renseignent qu'à moitié,
pour les partis et les opinions qu'elles sont
censées représenter. Et pourtant la propriété
n'est pas déclarée, la concurrence existe : en
un sens, il n'y a pas privilége.

L'autorisation de publier un journal, accordée par le ministre, peut équivaloir à un
cadeau de 100,000 fr. C'est comme une concession de dock ou de chemin de fer. Un journal est un brevet d'existence donné par le
pouvoir à une opinion, à un parti, de même
que la suppression de ce journal est la mort.

Le journalisme monopolisé tient dans sa
main la politique, les affaires, la Bourse, la
littérature et l'art, la science, l'Église, l'État.
Autant de sources de profit. Une insertion
vaut de l'argent ; une annonce de l'argent : un
compte-rendu, favorable ou défavorable, — il
y a toujours une partie qui paie, — de l'argent ; une réclame, beaucoup d'argent. Là, la
vérité, la justice, le sens commun ont cessé
d'être gratuits : ce sont, comme le mensonge,

la partialité, le sophisme, l'éreintement, des services qui ne se donnent pas pour rien. La société, à défaut d'une opinion libre et souveraine, reposant sur l'intrigue et l'agiotage : tel est le paradis du journalisme vénal, cultivant à la fois la servilité politique, la spéculation bancocratique, la réclamation industrielle et littéraire, l'intrigue rationaliste, le *pouf* philanthropique et toutes les variétés du charlatanisme. En ce moment, et grâce à la législation existante, nous ne sommes qu'en purgatoire : décrétez la propriété littéraire, nous entrons dans la damnation éternelle.

§. 6 — D'un impôt sur la propriété littéraire.

L'idée de propriété appelle celle d'impôt. Si la paternité littéraire est assimilée à la propriété foncière, cette paternité, produisant des rentes, est passible de contribution. Cette contribution, pour être juste, devra exister sous deux formes : l'une directe et fixe, proportionnelle à l'étendue ou superficie de la propriété; l'autre indirecte et variable, proportionnelle à l'importance de l'exploitation. Si un ouvrage ne rendait pas de quoi payer même sa

contribution directe, abandon en serait forcé-
ment fait par l'auteur, comme d'une terre
stérile : on constaterait ainsi la mort naturelle
des écrits. L'État, devenu, par la désertion
du propriétaire, héritier de l'œuvre, en ferait
ce qu'il lui plairait : il l'enverrait au pilon ou
au grenier, ou bien la livrerait à un arran-
geur, qui tirerait des matériaux le meilleur
parti.

L'idée d'une taxe sur les produits de l'intelligence n'a rien qui effarouche les partisans de
la propriété littéraire.

« Pourquoi, demande M. Hetzel, n'aurait-elle pas
ses charges comme toutes les autres propriétés ? Ne
vaut-il pas mieux avoir une propriété imposée, sujette
même à des servitudes, qu'une propriété temporaire,
et par conséquent niée dans son principe ? »

C'est comme si l'on disait : Ne vaut-il pas
mieux avoir un bel et bon majorat de 50,000 fr.
de rente, quitte à payer 3,000 fr. au fisc et à
faire 15,000 fr. de frais de représentation, que
de vivre de sa demi-solde ?

M. Hetzel, qui croit avoir résolu le problème de la propriété littéraire, parce qu'en
sa qualité de libraire-éditeur il a indiqué un

moyen, plus ou moins commode, d'établir et
de percevoir les droits d'auteurs, prouve ici
de la façon la plus naïve ce que je lui ai dit à
lui-même, que, pas plus que MM. Alphonse
Karr, Alloury, Pelletan, Ulbach, etc., il ne
sait le premier mot de la question. Il part du
fameux principe de M. Karr : *La propriété
littéraire est une propriété* ; et, cette calem-
bredaine érigée en aphorisme, il montre comme
quoi il ne serait pas difficile d'assurer aux auteurs, à perpétuité, tant pour cent sur les
ventes. Mais il s'agit précisément de savoir
si la propriété littéraire est une propriété,
comme dit M. Alphonse Karr, c'est-à-dire,
parlons français en français, si la production
littéraire peut donner lieu à une propriété analogue à la propriété foncière. Or, c'est justement le contraire que nous avons démontré,
d'abord par l'économie politique, puis par
l'esthétique ; et c'est ce dont l'hypothèse d'une
contribution sur les œuvres de l'esprit va nous
faire sentir une fois de plus la haute inconve-
nance.

Rappelons une dernière fois ce que nous
avons surabondamment expliqué, que les produits de la littérature et de l'art appartien-

nent à la catégorie des choses non vénales,
des choses qui se corrompent par le trafic, et
qui répugnent invinciblement à toute fin intéressée. Je ne reviendrai pas sur ce que j'ai dit
à ce sujet : ce sont de ces vérités qui ne se
démontrent pas directement par syllogisme ou
par *a* plus *b*, mais qui se déduisent de la nécessité sociale, et qui se sentent, pour peu
que l'on ait de sens moral, aussi certainement
que l'on sent l'indignation, le repentir ou l'a-
mour. Or, un impôt sur la science, la poésie,
les beaux-arts, serait le pendant d'un impôt
sur la piété, sur la justice et la morale, ce
serait la consécration de la simonie, de la vénalité judiciaire et du charlatanisme.

Je crois volontiers que nous ne sommes
pas, au fond, pires que nos aïeux ; mais je ne
saurais non plus me refuser à l'évidence, et
ne pas reconnaître qu'il y a présentement dans
les âmes un trouble profond. Nous avons perdu
cette délicatesse de sentiment, cette suscep-
tibilité d'honneur qui, à d'autres époques,
distinguaient notre nation. L'indifférence religieuse et politique, le relâchement de la morale privée, par dessus tout l'invasion de l'u-
tilitarisme sous un vernis d'idéal, ont dépravé,

19.

oblitéré en nous tout un ordre de facultés.
L'idée de vertu gratuite est au-dessus de notre
intelligence comme de notre tempérament;
avec cette idée se sont envolés la dignité, la
liberté, la joie et l'amour. Nous comprenons
à merveille que nous ne pouvons pas donner
notre labeur pour rien ; mais qu'à l'inverse de
cette loi de réciprocité économique, nous nous
devions les uns aux autres respect, vérité,
charité, bon exemple, et cela sans espoir de
salaire, *nihil inde sperantes;* que la probité
en affaires ait pour fondement une justice
tout à fait désintéressée, et que telle soit la
loi de la communauté humaine, c'est ce qui
n'entre plus dans notre entendement. Nous
ramenons tout à l'utile ; nous voulons être
payés de tout. J'ai connu un journal qui pra-
tiqua six mois la probité, la véracité et l'im-
partialité, afin de vendre ensuite plus cher
son silence et ses réclames. Cette maxime que
l'on ne respecte que ce qui ne se paie pas, est
devenue pour notre raison pratique un paradoxe. C'est pourquoi, en posant le principe de
la non-vénalité des produits de notre faculté
esthétique, comme de ceux de notre faculté
juridique, et en déduisant de ce principe

l'immoralité d'une propriété intellectuelle et
d'un impôt sur le commerce artistique et littéraire, je ne puis en dernière analyse que faire
appel au sens intime de mes lecteurs, leur déclarant franchement que, au cas où leur âme
aurait cessé de vibrer à cet appel du beau,
du juste, du saint et du vrai, je serais à leur
égard sans aucun moyen de conviction. Mes
raisonnements seraient en l'air ; j'aurais perdu
mon temps et mes paroles.

Je répète donc que ce qui serait vrai pour
le chrétien d'un impôt sur la messe et les sa-
crements, savoir, qu'un semblable impôt serait
impie et odieux, serait vrai au même titre,
sinon peut-être au même degré, d'un impôt sur
l'instruction, sur les livres d'école, par suite
sur la diffusion de la science, de la philosophie, de la littérature et des arts. C'est par
ce côté que les droits de timbre sur les journaux, le cautionnement qui leur est imposé,
les rétributions universitaires, sont reprocha-
bles. Il est impossible que l'impôt sur les livres
n'en arrête pas d'abord la circulation : avec
le temps, l'effet moral sera terrible. En déci-
dant, par le double fait de l'appropriation et
de l'impôt, que toutes les choses qui, jusqu'à

ce jour, avaient paru sacro-saintes aux nations, inviolables au fisc, étrangères au trafic,
seront à l'avenir réputées choses d'utilité simple, partant vendables, imposables, appro-
priables, vous aurez d'un trait de plume produit dans l'ordre moral la plus épouvantable
révolution. Devant le fisc, impassible comme
le destin antique, supérieur à la raison, à la
conscience, à l'idéal, tout sera matérialisé,
fatalisé et ravalé. Il n'y aura plus rien que
l'on puisse appeler beau, généreux, sublime et
sacré, tout sera pesé dans la balance mercan-
tiliste, évalué à prix d'argent, estimé d'après
la jouissance. La poésie et l'éloquence, de
même que la morale, cultivées en vue du gain,
ne vaudront que pour le gain ; la probité non
payée sera réputée une probité de dupe. Et
comme le Code civil, le Code pénal, le Déca-
logue et l'Évangile, en prescrivant à l'homme
ce qu'il doit faire et ne pas faire, n'ont point
assigné de rémunération à leurs observances,
et qu'il s'en faut que tout le monde admette,
avec Bentham et l'école utilitaire, que la justice soit toujours profitable, le délit et le
crime deviendront de simples faits de contre-
bande. La probité ne sera qu'une manière d'en-

tendre les affaires : quelle simplification ! Le
juif se retranche le prépuce, en signe d'affran-
chissement de la chair et de renoncement à
l'impureté ; nous, à qui le Christ a recom-
mandé la circoncision du cœur, nous nous
retrancherons la dignité, la vertu, et cet idéal
fortifiant qu'elle révèlent. Nous réaliserons
l'ironie d'Horace, faisant de la philosophie
une étable à pourceaux, et, tout glorieux de
notre turpitude, nous tomberons en extase
devant ce progrès !

Je doute que ces réflexions soient comprises
de mes adversaires. Non que je suspecte leur
moralité : à Dieu ne plaise que la conscience
soit chez eux aussi bas tombée que le jugement! Ce que j'accuse en eux est l'abus de la
phraséurgie, qui leur a fait perdre l'acuité et la
rectitude de la raison. La littérature, dans le
milieu intellectuel où ils vivent, n'est autre
chose qu'un article de la confection parisienne,
l'art un commerce de bimbelots. Enivrés de
leur propre faconde, ils prennent pour des
découvertes les défaillances de leur raison.
Quiconque essaye de leur dessiller les yeux
est par eux traité de *sophiste*, et plus ils diva-
guent, plus ils posent en inspirés. Ne les en-

tendez-vous pas chaque jour protester contre les charges, servitudes et entraves de la presse? Prenez garde ! ce n'est pas pour la vérité et le droit qu'ils combattent, c'est pour leur industrie. Ce beau zèle qu'ils montrent pour la presse libre ne les empêche pas de demander en faveur de l'écrivaillerie des redevances perpétuelles, sauf les taxes à prélever par l'État. Ils rougiraient de leur contradiction s'ils la pouvaient voir ; heureusement, et c'est ce qui fait leur innocence, ils sont aveugles (1).

(1) Je n'ai parlé, dans ce §, de l'impôt sur la propriété littéraire qu'au point de vue de son influence sur les idées et les mœurs. Il y aurait à dire aussi quelque chose de l'influence de cet impôt sur la librairie, dont la liberté n'est pas déjà très-grande, et qui en aurait encore moins.

Naturellement, la perception de l'impôt se ferait chez les débitants, qui s'en couvriraient sur le public. Ajoutant au moment de la taxe les droits d'auteur, payables d'avance, à raison de 8 à 12 pour 100 du prix fort, on arriverait, pour l'impression d'un volume à 3 fr., tiré à mille exemplaires, à une moyenne de 300 fr., impôt et redevance, en sus des frais d'impression, à fournir par le libraire avant toute rentrée de fonds. Pour peu qu'un éditeur publiât ou réimprimât dix volumes semblables en un an, ce serait une mise hors de 3,000 fr. dont il aurait grevé son commerce ; que serait-ce, s'il s'agissait

§ 7. — Constitution de la propriété industrielle à l'instar de la propriété littéraire : rétablissement des maîtrises et corporations.

La création d'une propriété littéraire analogue à la propriété foncière a pour conséquence forcée la reconstitution des priviléges industriels, ce qui implique, dans un laps de temps fort court, le rétablissement de tout le système féodal.

Il est clair que la forme donnée à la pensée par l'écrivain n'a rien de plus personnel et de plus sacré que la formule du savant ou l'invention de l'industrieux, et que si une redevance perpétuelle peut être accordée à la première, elle ne pourra être refusée aux

d'éditions de 5,000 à 10,000 ; de volumes à 6 fr., d'ouvrages en plusieurs volumes et de réimpressions plus nombreuses ? Ce n'est plus par mille, c'est par centaines de mille francs, non compris les débours d'imprimerie, que se compteraient les avances des éditeurs. Combien de maisons sont en mesure de supporter de pareilles charges ? Supposez que, pour plus de garantie, le gouvernement impose aux libraires un cautionnement : voilà, par l'impôt, le cautionnement et le brevet, le commerce des livres tombé presque en interdit.

deux autres. Toutes les réserves exprimées à
cet égard par les avocats de la propriété littéraire, que cette conclusion étrangle, sont pur
verbiage. C'est au surplus ce qu'entendait le
prince Louis-Napoléon, lorsqu'il écrivait à
Jobard, prêchant pour la perpétuité des brevets d'inventions, les paroles que nous avons
citées :

« L'œuvre intellectuelle est une propriété comme une
terre, comme une maison ; elle doit jouir des mêmes
droits, et ne pouvoir être aliénée que pour cause d'utilité publique. »

Il n'est pas un métier qui ne soit aujour-
d'hui flanqué ou assailli de plusieurs inventions
brevetées. Ces brevets, transformés selon le
vœu de Jobard en propriétés, constitueraient
autant de priviléges d'exploitation, de véritables maîtrises, avec cette différence qu'autrefois la maîtrise était un fief régalien, tandis
qu'aujourd'hui elle aurait pour origine une
prétendue propriété.

En premier lieu, on ne saurait nier que,
avec la perpétuité du privilége, la concurrence
ne reçoive un coup mortel. Ce qui soutient la
liberté industrielle et commerciale, c'est que

les brevets sont à terme, et, au bout de quelques années, tombent dans le domaine public. Les industriels, fabricants et manufacturiers non brevetés, réduits aux procédés communs, font les plus grands efforts pour se soutenir jusqu'à l'expiration du privilège, expiration qui est pour eux la délivrance. Quelquefois ils deviennent inventeurs à leur tour ; souvent aussi l'invention brevetée reste impuissante, soit que ses produits ne répondent pas à la demande, soit que l'application soit prématurée, mal calculée, faite dans des conditions défavorables. Quoi qu'il en soit, le brevet d'invention temporaire et la concurrence, agissant l'un sur l'autre comme deux cylindres qui tournent en sens inverse, entretiennent le travail et engendrent le progrès. Il y a bien des inventeurs malheureux, je le confesse ; il y en a d'indignement dépouillés; trop souvent une invention utile est stérilisée; d'autres fois elle enrichit de misérables spéculateurs après avoir ruiné l'inventeur. Tout cela est affaire de réformes à introduire, tant dans la législation des brevets que dans l'économie générale et dans les mœurs. Ce qui importe, c'est de donner satisfaction égale à la liberté et au

génie, et de faire que, par leur concours, l'initiative individuelle, le bon marché des produits, la prospérité publique, soient entourés
des plus fortes garanties.

Mais, devant une perpétuité de brevet qui
aurait pour résultat inévitable de sacrifier l'une
des deux forces économiques à l'autre, la liberté au génie, ou le génie à la liberté, la concurrence découragée s'arrêterait bientôt, et,
pour avoir trop donné à l'invention, nous
tomberions dans l'immobilisme. — Non, s'é-
crie Jobard; contre les inventions brevetées à
perpétuité, vous aurez à perpétuité la concurrence des inventions nouvelles. — Cette
réponse, qui au premier coup d'œil paraît
satisfaire la théorie, tombe devant la pratique.

Triptolème invente la charrue; c'est l'araire,
encore en usage dans quelques pays. L'araire
est un instrument qui se compose : 1º d'un soc
pointu, emmanché comme un crochet au bout
d'une perche, et destiné à soulever la terre
horizontalement, en dessous; 2º de deux
oreilles poussant à droite et à gauche la terre
soulevée, sans la retourner. Pour cet outil,
Triptolème obtient brevet d'invention, avec

privilége de fabrication et de vente. Plus tard,
l'imperfection de l'araire est reconnue. Un la-
boureur y ajoute, en avant du soc, un coutre,
destiné à couper verticalement la terre ; il
élargit le soc d'un côté, supprime l'une des
deux oreilles, ajuste et contourne l'autre de
telle manière que la bande de terre, coupée
verticalement par le coutre et horizontalement
par le soc, est renversée sur son axe par l'o-
reille et mise sens dessus dessous. Un troisième installe l'instrument sur deux roues, et
ajoute quelques améliorations de détail. Chacun de ces inventeurs est breveté à son tour,
comme le premier, avec privilége de fabrication
ou droit à une redevance perpétuelle. Sur quoi
je fais observer trois choses.

D'abord, au point de vue de l'art agricole,
considéré en lui-même, ces inventions successives ne se font pas réellement concurrence ;
elles se complètent l'une l'autre, s'appellent,
se soutiennent ; de telle sorte que, si la charrue perfectionnée de Mathieu de Dombasle
l'emporte de beaucoup sur l'araire de Triptolème et lui fait rude concurrence, au regard
du public, obligé de payer à l'un et à l'autre
la redevance, les choses se passent comme s'il

n'existait qu'une seule et même invention, un seul et même privilége.

La conséquence sera que les inventeurs qui ont concouru tour à tour à la construction de la charrue, au lieu d'exploiter séparément chacun son idée, s'associeront pour la fabrication des charrues et araires, formeront une Compagnie de charronnage en nom collectif et commandite, pour la fourniture des instruments aratoires à tous les pays où se pratique le labourage. Ou bien encore ils céderont, à prix d'argent, le droit de fabrication, pour des circonscriptions déterminées, à des compagnies d'entrepreneurs. Voilà les maîtrise dûment constituées, toute une corporation créée, la corporation des charrons fabricants de charrues et d'araires. Vienne maintenant la charrue à vapeur, elle sera bien accueillie: ce sera un participant de plus, il est vrai, mais aussi un surcroît de bénéfice pour la Compagnie.

Dernier résultat de la charrue simple et perfectionnée dans le système des brevets perpétuels : les petits cultivateurs, qui ne pourront lever charrue, entretenir un attelage et payer les redevances, forcés de labourer à

la bêche, seront ruinés par la concurrence
des gros cultivateurs, produisant à meilleur
marché, grâce à l'étendue de leurs exploitations, et couvrant facilement leurs frais. La
question de progrès se trouve ainsi transformée
en une question de capital; d'un côté l'art
agricole gagne, de l'autre la fortune du petit
peuple est compromise. On est parti de l'égalité, et voici que la propriété industrielle met
en péril la propriété foncière; le travail est
impossible au pauvre, la petite culture fait
abandonner la terre : si bien qu'en dernière
analyse, là où il y avait cent petits propriétaires, il n'existe plus qu'un seigneur terrien,
pair de France et décoré de tous les ordres.

  " Ici se démontre, avec l'évidence la plus écra-
sante, ce que nous avons dit dans la première
partie de cet écrit : que dans l'économie sociale, la production matérielle et la production
immatérielle sont soumises à des conditions
inverses l'une de l'autre; que, par des considérations primordiales, dont notre philosophie
n'a pas encore atteint la profondeur, la première a pour contrefort le partage et l'appropriation du fonds terrestre, tandis que la
seconde est établie sur l'indivision et l'ina-

liénalibilité du domaine intellectuel et moral;
enfin, que ce rapport d'opposition est tel que
d'un côté, avec la communauté du sol ou la
féodalité foncière, disparaît bientôt la liberté
de la pensée et de l'industrie, pendant que,
de l'autre, avec l'appropriation artistique et
littéraire, disparaît à son tour et non moins
rapidement la propriété foncière et la liberté
industrielle. Autant, en un mot, la communauté du sol serait mortelle à la liberté du
travail et à l'indépendance de l'esprit, autant,
en revanche, l'appropriation du domaine intellectuel serait funeste à la propriété foncière.
Oh! messieurs les économistes et jurisconsultes, qui parlez avec autorité comme si
vous étiez les pontifes de la Raison, vous
avez encore du chemin à faire avant d'arriver seulement aux propylées de la science.
Apprenez d'abord votre langue; repassez votre grammaire, refaites votre logique, recom-
mencez votre droit et faites un nouveau stage.
Ne négligez pas l'histoire, ni la métaphysique, ni l'esthétique; ne dédaignez même
pas la théologie, pas plus que la tenue des
livres. Vous pourrez après cela aborder l'économie polititique et vous poser cette question,

que vous ne résoudrez pas du premier coup :
Qu'est-ce que la propriété?

Des conséquences aussi désastreuses ne
pouvaient sortir que d'un principe essentiellement faux : c'est pourquoi, sans m'enquérir
davantage des raisons constitutives de la propriété foncière, je nie de toute l'énergie de ma
conviction la propriété intellectuelle. L'araire
de Triptolème était un perfectionnement digne, si vous voulez, de l'immortalité, mais
qui ne méritait pas à coup sûr une perpétuité de privilége. L'idée fondamentale de
la charrue est bien plus simple encore que
celle de l'araire : elle consiste à ouvrir la
terre, ou pour mieux dire à la *rayer* pro-
fondément, c'est le vrai sens du mot *arare*,
au moyen d'un croc et en procédant par trac-
tion, au lieu d'employer une pointe et de
procéder par impulsion, comme fait le porc
avec son groin ou le jardinier avec sa bêche.
Allez donc breveter une pareille idée ! Décla-
rez, si vous l'osez, qu'il est défendu, à moins
de payer redevance, de gratter et creuser la
terre en tirant un pic ou croc, parce que ce
serait une contrefaçon!... Mais, l'idée première donnée, et elle est aussi vieille que le

monde, le reste s'ensuit. La série des perfectionnements ou inventions se déroule comme
un raisonnement : empêcherez-vous donc encore l'individu de raisonner? Donc, s'il est
juste d'encourager et de récompenser l'intelligence dans l'individu, il est absurde de l'interdire dans les masses, et c'est ce que l'on fait
par la perpétuité. Ce n'est pas, encore une
fois, l'individu qui invente et qui crée : c'est
l'industrie humaine, dont les principes et toute
la théorie sont impersonnels, anonymes, qui
se déroule.

Autre exemple : ce sera le dernier.

Gutenberg est breveté pour son invention
des caractères mobiles; Fust et Schœffer le
sont à leur tour pour la fonte des caractères.
Naturellement ces inventeurs ont besoin l'un
de l'autre; ils s'associent. Privilége leur est
accordé, à perpétuité, d'imprimer des livres,
de fabriquer des caractères et des presses,
comme de céder à d'autres, moyennant remboursement et pour des localités déterminées,
le droit d'imprimer, de fondre, de faire le
commerce des livres imprimés et des instruments servant à l'imprimerie. Plus tard, aux
balles on substitue le rouleau ; on cliche ; on

remplace la presse en bois par la stanhope et
la colombienne; enfin on construit la presse
mécanique. Toutes ces inventions viendront se
grouper autour de l'invention primitive, et de
nouveau nous avons corporation et maîtrises,
la corporation des typographes, avec ses maîtres, compagnons et apprentis. Arrive Senne-
felder : la lithographie va faire concurrence
à la typographie? Non : les imprimeurs sur
mobile ou leurs ayants-droit traitent avec l'imprimeur sur pierre, et les anciens privilégiés
s'intitulent : *Imprimeurs et lithographes*, au
choix du public.

Un des sujets de plainte des amis de la liberté est le privilége conservé depuis 89 pour
la librairie et la typographie. Mais ce qu'on n'a
pas vu, c'est que ce privilége peut devenir un
excellent moyen de police. Supposez la propriété intellectuelle en vigueur, les gouvernements n'auraient presque rien à faire de ce
côté. Dans un système de féodalité industrielle,
les maîtres imprimeurs seraient nobles ; ils
feraient partie de l'aristocratie; autant et plus
que le roi ils seraient intéressés à la conservation de *l'ordre*. Il suffirait de laisser agir les
priviléges, priviléges d'auteurs et priviléges

d'imprimeurs, et la police de la presse serait
faite par les maîtres et propriétaires cent fois
mieux que par la censure.

Les journaux ont parlé, dans ces derniers
temps, d'une pétition des ouvriers typographes,
demandant le rétablissement des corporations,
et d'une autre pétition des maîtres, réclamant
la censure. Le motif allégué par les premiers
était la concurrence des femmes, qui, employées
au travail de la composition, font baisser le
salaire des hommes; la raison des autres est le
risque de condamnation. Nous sommes sur la
pente : établissez la propriété littéraire, et de
l'avis de tout le monde, gouvernement, lettrés,
maîtres et ouvriers, nous voilà revenus au
régime féodal !...

Ici encore je répéterai l'observation faite
plus haut à l'occasion de la charrue : A faux
principe, conséquences funestes. Pourquoi
cette perpétuité de monopole à Gutenberg et
à ses associés? Est-ce que l'idée fondamentale
de l'imprimerie, savoir, la mobilisation des
caractères, ne devait pas résulter tôt ou tard
de l'art d'imprimer sur des planches solides,
art connu bien avant Gutenberg et qui constitue la typographie chinoise? Est-ce que cette

mobilisation des types n'était pas donnée, *à contrario*, dans leur solidité même? Est-ce que ce n'est pas un des procédés les plus familiers de l'esprit humain, de prendre sans cesse l'envers ou le rebours des choses, de renverser les idées, de retourner la routine, de contredire la tradition, comme fit Copernic quand il changea l'hypothèse de Ptolémée; comme fait le logicien, qui procède tour à tour par induction ou déduction, par thèse ou antithèse? Quant aux perfectionnements successifs, ils sont le développement de l'idée mère, une série aussi inévitablement donnée, dans cette idée, que l'idée elle-même était donnée dans sa contraire.

Ce que je dis de l'imprimerie et du labourage, il faut le dire de tout métier, de toute industrie et de tout art. Chacun forme une série d'opérations qui s'engrène dans une autre; de telle sorte que, si l'on devait appliquer à tous les cas qui le requerraient le principe d'appropriation, la masse des populations se trouverait dans la dépendance de quelques centaines d'entrepreneurs et maîtres brevetés, formant l'aristocratie de la production, du crédit et de l'échange. Ce serait comme si l'on avait établi une prescription contre l'intelligence au profit du monopole.

Ainsi le principe de la propriété intellectuelle conclut droit, par la servitude de l'esprit, soit à la reconstitution des fiefs, soit au communisme de la terre, déclarée partout propriété de l'État, en un mot à la restauration du régime de droit divin ou féodal. Pas une industrie, pas un métier qui, affranchi depuis des siècles, ne puisse être monopolisé au moyen de quelques brevets d'invention ou de perfectionnement. Ce qui n'empêche pas les partisans de la propriété intellectuelle d'être en même temps partisans de la libre concurrence et partisans du libre-échange, que dis-je? En voici qui, au moment où ils réclament la propriété littéraire, demandent qu'on supprime le privilége de propriété industrielle par l'abolition des brevets d'invention (1). Accordez ces contradictions si vous pouvez.

(1) Conclusions du rapport de la Commission sur l'exposition de Londres. — Ainsi, 1° Organisation de la bancocratie et développement des mœurs boursières par l'établissement de soi-disant Compagnies de Crédit fon-

§ 8. — Influence du monopole littéraire sur la félicité
publique.

Je crois avoir suffisamment expliqué, pour
tout homme dont la pensée n'est pas empri-

cier, mobilier, agricole, etc., et la multiplication des
Sociétés anonymes; — 2° Concentration des services de
transports dans les Compagnies de chemins de fer; —
3° Ruine de l'industrie nationale par le *libre échange* :
— 4° Guerre à outrance à la petite industrie et au petit
commerce par la grande fabrique et les vastes bazars;
— 5° Institution d'une propriété artistique et littéraire
et fondation d'un Crédit intellectuel, pour l'asservisse-
ment définitif de l'esprit humain et la crétinisation des
masses; — 6° Du même coup, déclaration d'infériorité
de l'industrie et subalternisation des classes ouvrières,
irrévocablement assujetties par la suppression des brevets
d'invention et la constitution des grands monopoles; —
7° Restauration du système féodal, par l'agglomération
des héritages, la recomposition des fiefs et l'abolition
de l'*aleu* : en résultat, retour au moyen âge, au régime
des castes, à l'oppression théocratique et à l'autocratie
prétorienne ; condamnation de tous les principes, de
toutes les idées, de tous les droits et de toutes les garanties de la Révolution : tel est le plan que se sont donné
pour mission d'exécuter de prétendus sauveurs, aux
cris sans cesse répétés de : *A bas les socialistes! A
bas les partageux! A bas les brigands !..* Et nous
ne sommes pas à la fin. La nationalité y passera à son

sonnée dans le cercle des intérêts matériels,
comment la création d'une propriété artistique et littéraire est la négation des idées supérieures qui font la dignité de l'homme, en

tour : car il faut que cette race vaniteuse et turbulente,
incapable de se gouverner elle-même et de tenir le drapeau de la liberté, soit enfin bridée. Ce n'est déjà plus,
depuis 1830, l'esprit français qui gouverne en France :
ce sont les souvenirs féodaux évoqués par cet exécrable
romantisme que nous venons de voir compléter son œuvre par la demande d'une propriété littéraire; c'est le
génie matérialiste, utilitaire et exploiteur d'Albion, re-
nouvelé de Bentham, de Malthus et de Law, et couvert
d'oripeaux théologiques et philanthropiques par la sé-
quelle de Saint-Simon et la coterie de Say; c'est le
Mammon juif, dieu de l'usure et de l'agiotage, dont les
sacerdotes dominent partout aujourd'hui, dans la politique et dans les affaires ce sont toutes les : influences
maudites venues de l'étranger, que nous prenons pour
des révélations de la sagesse humanitaire, et dont nous
portons l'ignominie. La race française ne semble propre,
désormais, qu'à faire l'exercice. Mais cet honneur même
lui est enlevé : ce sont les Anglais, les Hollandais, les
Allemands, les Suisses, les Juifs qui commanditent les
soldats, et, tôt ou tard, l'argent se refusant, nous ap-
prendrons, par la plus triste expérience, que *victoires
et conquêtes* sont vanité et rien que vanité. 1814 et 1815
ne nous ont amené que l'invasion; l'influence étrangère,
chaque jour plus puissante, nous fera jouir d'une gloire
plus grande encore, la dénationalisation.

l'affranchissant des servitudes de la chair et du
ménage. Je veux montrer à présent comment
cette même propriété mettrait le sceau à la dé_
moralisation, en aggravant le paupérisme.

Autrefois, — j'ai assez d'âge pour en avoir
été témoin, — avant que le mercantilisme et
ses procédés usuraires eussent tout envahi, les
relations de service et d'intérêts entre les diverses classes de la société avaient un caractère bien différent. La manière de vendre, de
livrer, de traiter, était incomparablement plus
douce. Chacun faisait bonne mesure : le commerçant, l'artisan, le journalier et le domestique, personne n'épargnait sa peine. La balance penchait toujours du côté du payant ;
on ne regardait pas à cinq minutes ni à un
centilitre : on gagnait largement ses gages, et
sa journée, et sa commission. Les patrons, à
leur tour, les entrepreneurs et les maîtres en
usaient de même avec leurs ouvriers, commis
et domestiques : il y avait, outre le salaire
payé, des gratifications, pourboires et épin-
gles, dont l'usage s'est conservé, mais en devenant partie intégrante du prix et obliga-
toires. Le marchand en gros et en détail faisait
bon poids, mesure comble, ajoutant à la

douzaine, au cent, au mille. De là les 13 12
et même 14 12 des libraires : mais prenez
garde , ce n'est plus largesse , c'est chose
due.

L'effet de ces mœurs, généralement observées, était un accroissement positif de la richesse publique. C'était comme si chaque
producteur d'utilité , depuis le domestique et
le manouvrier jusqu'au grand industriel, avait
fait don à la masse, en sus de ce qu'il était
tenu de livrer , d'un boni de demi, un, deux
pour cent de son produit par jour, le rentier
d'une part équivalente de son revenu quotidien. Et remarquez ceci : cette libéralité à
l'égard du prochain s'accompagnait d'un grand
esprit d'économie. On se permettait peu de
luxe, plus avare pour soi-même afin de n'être
pas chiche avec les autres. Là était une des
causes du bon marché et du bien-être ; là
aussi une des sources de la moralité. On travaillait , on économisait davantage ; on dévo-
rait et l'on pillait moins. En résultat, on s'en
trouvait plus vaillant et meilleur , ce qui veut
dire plus heureux. L'avidité écartée , ni insolence, ni bassesse ; point de grapillage chez
les petits, point de rapine chez les grands ; peu

de coulage dans la société : les prévisions de
l'entrepreneur, du père de famille, se trouvaient justes. La munificence envers les autres
avait son article dans le moindre budget. On
n'était pas trompé dans ses dépenses : car,
après avoir calculé sur le prix et la quantité
convenus, on était sûr que l'imperceptible déficit qui accompagne toute production, acquisition, transport, consommation, et qui en se
répétant devient un fardeau, était couvert par
la remise insignifiante dont alors on ne parlait
pas.

Tout cela est changé, au grand détriment
du pays et de chacun, comme il est aisé de
voir. L'esprit nouveau du commerce, où tout
se suppute par francs, centimes et fractions de
centimes ; où la grande maxime est que *le
temps est de l'argent*, et que chaque minute a
son prix ; cet esprit de trafic mesquin et d'â-
pre agiotage a changé les conditions du bien-
être, et aussi la moralité. Nous sommes devenus ladres, par suite larrons. *A chacun le
sien*, disons-nous : et nous interprétons cet
axiome d'éternelle justice par un mesurage
d'une désespérante exactitude. Rien de moins,
l'honnêteté le commande : mais rien de plus

21.

que ce qui a été convenu, exprimé par les chiffres, et qui est strictement dû. Naturellement, cette précision idéale, impossible à réaliser, tourne au détriment de celui qui paie. Le domestique trouve qu'il en fait toujours trop, et que le maître est en reste ; il se lève et se couche à ses heures, se réserve un jour de sortie par quinzaine, exige des étrennes, recueille dans le ménage tout ce que le maître est censé négliger, obtient des remises des fournisseurs, s'enrichit enfin d'un coulage qu'il a lui-même provoqué et qu'il est loin de compenser par ses services. L'ouvrier et le commis comptent les instants ; ils n'entreront pas à l'atelier avant le coup de cloche ; ils ne donneront pas une minute de plus à la besogne ; et comme le patron déduit un quart de journée à celui qui est en retard, l'ouvrier à son tour refuse le plus léger supplément de peine, exige qu'on lui solde tout, minutes et secondes. Les façons se ressentent de ce mauvais vouloir ; le travail est négligé, mal fait. On fraude, en sécurité de conscience, sur la qualité, et l'on s'enhardit de la sorte à frauder sur la quantité ; le déchet et la malfaçon sont rejetés de l'un sur l'autre : tout le monde,

avare de son service, fait mauvais poids, fausse
mesure, trompe sur le titre et sur la qualité.
Celui qui a reçu une pièce fausse ne la clouera
pas sur son comptoir ; il la glissera dans ses
paiements. L'homme employé *en conscience*,
c'est-à-dire à la journée ou à la semaine, remplit mal ses heures. L'ouvrier aux pièces, pour
en faire davantage, néglige l'exécution; c'est
comme dit le peuple, un *massacre*. Toute cette
malversion aboutit à un déficit général in-
aperçu d'abord, mais qui se traduit à la
longue en cherté et en appauvrissement. C'est
comme si chacun des individus qui concou-
rent à la production et à l'échange, homme
ou femme de service, travailleur de la ville
et de la campagne, commis, employé, fonctionnaire public, rentier, etc., enlevait à
la masse l'équivalent d'un quart d'heure ,
plus ou moins, de travail par jour. Portez
à 10 centimes le prix de ce quart d'heure,
et à 25 millions pour la France le nombre
des individus faisant quotidiennement acte
de production ou d'échange ; vous aurez, au
bout de l'an, une somme de 912,000,500
francs, à passer par profits et pertes. A
elle seule, cette cause de déficit suffirait à

expliquer l'état de gêne de la nation. Ajou-
tez maintenant que ce que l'on refuse au
travail et à la loyauté des transactions, on le
reporte sur le luxe. L'esprit d'épargne et de
frugalité fléchit dans la même proportion que
le travail et la bonne foi; on devient avare,
précisément parce que l'on dévore davantage;
si bien qu'en dernière analyse, pendant qu'on
poursuit la jouissance, on côtoie l'immoralité
et la misère.

Une des missions de la littérature et de l'art
était certainement d'entretenir et de dévelop-
per les vieilles mœurs. Le principe en existe
dans les consciences : il n'y avait qu'à cultiver, sarcler et faire fleurir ce germe précieux.
Ici l'écrivain et l'artiste parlaient d'autorité.
Leurs œuvres étant reconnues non vénales par
nature et ne donnant droit qu'à une indemnité de temps, ils avaient qualité pour prêcher
la modestie et le désintéressement. Donnant
eux-mêmes l'exemple du sacrifice, ils étaient
les apôtres de la bienfaisance publique et
comme les ministres de la richesse. C'est le
système contraire qu'ils serviront, lorsque
aura été consacré par la loi le principe
d'une propriété qui détruit tout ce qu'il y

a de généreux et d'honorable dans les transactions. La classe des artistes et gens de
lettres ne s'est-elle pas faite déjà le représen-
tant de la misère vaniteuse, en prenant le nom
signicatif de *Bohème*?

Infatués de leur talent, calculant leur rémunération d'après l'opinion exagérée qu'ils
se font de leurs ouvrages, les gens de lettres
et les artistes ne rêvent que fortunes subites
et rentes seigneuriales. Le public entrant dans
ces vues, au lieu de littérature et d'art, nous
n'avons plus qu'une industrie appliquée au
service du luxe, agent de la corruption générale.

Le journaliste se paie à la ligne, le traduc-
teur à la feuille ; suivant la vogue, le feuilleton
produit au signataire depuis 20 jusqu'à 500 fr.
Un de mes amis reprochait un jour à Nodier
les longs adverbes qui émaillent sa prose
diffuse et lâche ; il répondit qu'un mot de huit
syllabes faisait une ligne, et qu'une ligne va-
lait un franc.

Les libraires ont trouvé le secret de blan-
chir les pages (1), d'élargir les lignes, de

_____

(1) Ce n'est pas toujours par spéculation : ils le font

grossir les caractères, de multiplier à volonté les feuilles et les volumes. Un livre
ne se paie plus d'après les frais qu'il devrait raisonnablement coûter et la juste rémunération à payer à l'écrivain; il s'évalue
d'après la vogue, la superficie et le poids. Res-
pectant la pensée de l'écrivain et non moins
soucieux de la bourse des souscripteurs, l'é-
diteur de l'*Histoire du Consulat et de l'Empire* a mieux aimé donner pour 2 francs de
grands volumes de 600 et même 900 pages,
que de manquer à l'ampleur et à la vérité
de l'histoire. Le spéculateur qui publie les
Misérables met en dix volumes, fait payer
60 francs, ce qui tiendrait largement en quatre tomes et ne devrait coûter que 12 francs.
À ce simple rapprochement on peut deviner de
quel côté est l'œuvre littéraire, de quel côté
l'agiotage.

On se plaint que la jeunesse lettrée encom-
bre les carrières, que le travail manuel est
déserté, qu'il y a péril pour l'ordre et les
mœurs. On a accusé de ce péril les Grecs et

souvent, hélas! pour échapper au timbre. Témoin la
présente publication.

les Latins : absurdité. Le *ver rongeur* n'est
ni dans Virgile, ni dans Cicéron, ni dans Dé-
mosthène : il est dans cet industrialisme littéraire auquel on s'apprête à mettre le sceau
par la constitution d'un monopole perpétuel.
Tandis que les œuvres sérieuses sont délais-
sées, la littérature industrielle déborde, le
monde se remplit de talents déclassés, d'une
habileté de brosse, si j'ose ainsi dire, extraordinaire. On écrit peu d'inspiration ; l'auteur
chez qui la pensée naît originale et se revêt en
naissant d'une expression faite pour elle seule
est devenu un phénix. En revanche, nous savons admirablement revêtir des riens de la
pourpre des maîtres et des modèles. Tout est
devenu vénal, parce que tout a été fait industrie et métier. Nous ne sommes plus même de
la bohême, nous sommes de la prostitution ;
et je ne sais pas si ces pauvres danseuses que
les directeurs de théâtres paient à 2 francs par
soirée, ou même ne paient pas du tout, attendu
qu'elles se contentent pour tout salaire de
l'occasion qui leur est offerte d'exhiber leurs
charmes, ne sont pas plus honorables que la
tourbe affamée de nos gens de lettres. Au
moins, si ces malheureuses vendent leur corps,

elles ne trafiquent pas de leur art. Elles peuvent dire, en un sens, comme Lucrèce : *Corpus tantùm violatum, animus insons.*

§ 9. — Résumé général : Encore la propriété.

J'ai été trop long : je suis pourtant loin d'avoir tout dit.

J'aurais voulu montrer, avec de plus amples développement, comment, sous l'action de la propriété intellectuelle, le commerce et l'industrie retournent au régime des corporations, maîtrises et jurandes ; comment la propriété foncière est à son tour entraînée dans le même mouvement, et, d'aleu que l'a faite la Révolution redevenant fief, retournerait à une forme moins civilisée, moins sociale. Déjà, si mes informations ne me trompent, il existerait dans un certain monde un projet de conversion de la propriété foncière et d'organisation des grandes compagnies agricoles, destinées à remplacer et la petite culture et la petite propriété , comme on a remplacé les commissionnaires de transport et les voituriers par des compagnies de chemins de fer. L'idée féodale n'est pas morte en France ; elle subsiste chez certains soi-disant démocrates, bien plus que chez les lecteurs de la *Gazette* et les associés de Saint-Vincent de Paul.

J'aurais à faire voir aussi comment la France entrant dans cette voie rétrograde, pendant que les autres États suivent la marche opposée, l'antipathie ne peut manquer de devenir croissante entre les peuples, les mœurs incompatibles et les intérêts hostiles; comment une guerre de principes résulterait de nouvelles institutions, guerre dans laquelle la France et la coalition auraient changé de rôle, la première défendant le droit féodal, la seconde le droit libéral et révolutionnaire. Il est clair que si la propriété intellectuelle, c'est-à-dire le monopole perpétuel des produits de la littérature et de l'art et des inventions de l'industrie, est établie en France, les traités de réciprocité sont annulés, et que le travail étranger, affranchi de tout privilége, jouissant de nos propres découvertes sans payer de redevance, serait placé dans des conditions meilleures que le nôtre. Pour qu'une guerre ne sortît pas de cette situation, il faudrait donc, ou que l'étranger consentît à revenir au système féodal dont il est en train de se

22

défaire. ou que la France abolît sa propre loi
et se remît à l'unisson de la liberté.

J'abrége ces considérations. et je me ré-
sume :

a) Il n'y a pas, il ne peut y avoir de
propriété littéraire analogue à la propriété
foncière. Une semblable propriété est contraire
à tous les principes de l'économie politique ;
elle n'est donnée ni par la notion de *produit*,
ni par celles d'*échange*, de *crédit*, de *capital*
ou d'*intérêt*, et ne saurait résulter de leur
application. Le service de l'écrivain, considéré
du point de vue économique et utilitaire, se
résout en un contrat, exprimé ou tacite, d'é-
change de service ou produit, lequel échange
implique que l'œuvre de génie, rémunérée par
un privilége de vente temporaire, devient propriété publique du jour de la publication.

b) Relativement au domaine intellectuel,
sur lequel seul pourrait être constituée, à titre
gratuit bien entendu, une nouvelle espèce de
propriété, ce domaine est essentiellement, par
nature et destination, inappropriable, placé

hors de la sphère de l'égoïsme et de la vénalité.
De même que la religion et la justice, la science,
la poésie et l'art se corrompent en entrant dans
le trafic et en se soumettant à la loi des intérêts. Pour mieux dire, leur distribution et
leur rémunération suivent une loi contraire à
celle qui régit la distribution et la rémunération
de l'industrie.

(e) Quant à l'ordre politique et économique,
les conséquences d'une pareille appropriation
seraient incalculables. Elles n'aboutiraient à
rien de moins qu'à restaurer un système tombé
sous la malédiction des peuples, et qui serait
cent fois pire aujourd'hui que par le passé,
puisque, au lieu de la foi religieuse qui lui ser-
vait de base, il n'aurait pour appui que le matérialisme et la vénalité universelle.

Et maintenant, bourgeois et propriétaires,
à qui le monopole crie, comme le fameux Chat
botté des contes de Perrault aux paysans : « Si
vous rejetez la propriété intellectuelle, si vous
ne dites pas que *la propriété littéraire est une
propriété*, votre propriété foncière elle-même
est sans fondement : les partageux vont venir.

et vous serez tous expropriés ; » — race de trembleurs et de dupes, écoutez ceci :

Il y a quelque vingt-trois ans, j'ai fait de la propriété ce que l'on appelle en philosophie une *critique*. Je crois l'avoir faite exacte et loyale, je l'ai soutenue en raison même des colères qu'elle soulevait. Je puis m'être trompé : la modestie sied à un homme aussi violemment contredit. Dans ce cas-là même, serais-je si coupable? Cette critique, que je peux dire mienne autant que la critique d'une idée peut appartenir à un philsophe; dont je me suis glorifié, parce que j'y voyais le point de départ d'une science sociale, le prélude de la réconciliation des classes et le gage d'un ordre plus parfait, j'ai eu soin de ne la présenter que comme une critique, m'abstenant de conclure à la dépossession, combattant le communisme, au risque de me faire accuser d'inconséquence, d'hypocrisie et de lâcheté, et me bornant à soutenir que notre philosophie pratique est née d'hier; que si nous avons abjuré le droit divin et ses institutions féodales, nous n'avons pas pour cela fondé le gouvernement de la liberté; que notre droit économique est encore moins avancé que notre droit politique;

que la raison et la fin de la propriété, par
exemple, nous échappent; que tout ce que
nous savons de certain sur les choses de
l'économie sociale et du gouvernement, c'est
qu'elles nous apparaissent comme des *antino-
mies*; qu'après avoir démoli l'ancienne société,
il nous reste à créer, de fond en comble, la
nouvelle; que nos institutions les plus respec-
tables, œuvres de la foi antique, passées au
crible de la raison moderne, semblent l'invention d'un mauvais génie; que cela tient, non
point à un système réfléchi de spoliation et de
mensonge, mais à notre état mental et révolutionnaire, prélude d'un droit nouveau et d'une
philosophie nouvelle, dans laquelle le passé et
l'avenir doivent se concilier, et qui doit mettre
le sceau à notre félicité et à notre gloire.

Voilà ce que j'ai dit, bourgeois, croyant bien
dire, convaincu que j'exerçais un droit et que
je remplissais un devoir, et plus étonné que
personne des propositions auxquelles me con-
duisait l'analyse. Si je suis dans l'erreur, si
vous en conservez la certitude comme vous
parûtes, il y a quinze ans, en avoir la conviction, excusez-moi au nom de la tolérance philosophique et de la liberté des opinions écrite

dans nos lois. Ne venez-vous pas de vous convaincre, dans le cours de cette discussion sur
les droits d'auteurs, que ce n'est pas la libre
recherche qui est à craindre, mais l'ignorance
pédantesque ; que ceux qui s'acharnent contre
ma critique, se posant en champions et en
vengeurs de la propriété, en savent moins
eux-mêmes que je n'en savais en 1840, puisqu'ils
ne font que reproduire des arguments vingt
fois réfutés, sans se douter que ces arguments
sont ce qui compromet le plus la propriété?

Maintenant une autre idée me poursuit, idée
que vous pouvez mettre, comme la précédente,
sur le compte de l'hallucination, mais dont
vous ne méconnaîtrez pas du moins l'intention
conservatrice. La propriété, sous le poids
d'une dette publique et hypothécaire de vingt
milliards, d'un budget de deux milliards, d'une
centralisation croissante, d'une loi d'expropriation pour cause d'utilité publique à laquelle personne ne saurait fixer de bornes;
en présence d'une législation qui, en consa-
crant la perpétuité du monopole littéraire,
poserait le principe d'une restauration féodale: la propriété, défendue par des avocats
ineptes qu'on dirait payés pour la trahir ; as-

saillie par l'agiotage, exposée à toutes les té-
mérités, à toutes les fourberies de l'empirisme ;
la propriété, dis-je, malgré l'énergique protection du pouvoir, me semble plus attaquée
qu'en 1848. — *Pourquoi des propriétaires à
Paris ?* Vous avez lu ce titre d'une brochure
publiée il y a quelques années, alors que l'on
sévissait contre les critiques de bonne foi, qui
cherchent philosophiquement le secret de la
destinée. C'était le ballon d'essai d'une secte
qui, par le chantage et l'escamotage, conduit
notre aveugle nation au califat industriel. Le
moment viendra, il n'est pas éloigné, où vous
entendrez dire : *Pourquoi des propriétaires en
France ?* Alors, comme en 1848, la propriété
éperdue cherchera de nouveaux sauveurs ; et
me direz-vous où elle les trouvera, si ceux qui
la poursuivent sont justement les mêmes qui
la sauvèrent autrefois ?... Je me figure qu'alors
aussi le moment sera venu pour ce socialisme
critique, c'est ainsi qu'il faut le nommer, dont
on vous a fait tant de peur, de poser ses conclusions, et, après avoir résolu le redoutable
problème, de prendre en main la défense de
la propriété. Et soyez tranquilles : défendue,
sauvée par la critique socialiste, la propriété

sera, cette fois, bien sauvée ; elle sera fortement assise, inébranlable à jamais. Il n'en
coûtera pas un centime à votre caisse, ni à
nous, les maudits, la plus petite rétractation.

La critique ne demande, pour les idées dont
elle opère la ventilation avant de les verser
sur le monde, ni privilége ni dotation. Elle va
droit son chemin , confiante dans la logique ,
sans reculer ni se démentir jamais. Elle n'est
point jalouse, ne cherche pas sa gloire et son
intérêt ; mais elle sait mettre chaque chose à
sa place et rendre à chacun ce qui lui appartient. C'est pour cela qu'elle maintient le partage de la terre, en même temps qu'elle se
refuse à la *propriété de l'intelligence*.

FIN

TABLE DES MATIÈRES

DEUXIÈME PARTIE. — Considérations morales et esthétiques.

TROISIÈME PARTIE. — Conséquences sociales.

FIN DE LA TABLE.

Paris. — Imprimerie VALLÉE, 15, rue Breda.

Librairie de E. DENTU, Éditeur

Palais-Royal, 13 et 17, galerie d'Orléans.

EXTRAIT DU CATALOGUE.

DU MÊME AUTEUR

Les Démocrates assermentés et les Réfractaires, 1 v. gr. in-18 jésus.. 1 80

La Fédération et l'Unité italienne, 1 v. gr. in-18 jésus. 1 50

La Guerre et la Paix, recherches sur les principes et la constitution du Droit des Gens, 4ᵉ édit., 2 vol. gr. in-18 jésus, 7 »

Du Principe fédératif et de la nécessité de reconstituer le Parti de la Révolution. 1 vol. grand in-18.................... 3 50

Théorie de l'Impôt. Ouvrage qui a remporté le prix sur la question mise au concours par le Conseil d'État du canton de Vaud. 1 vol. grand in-18 jésus........................ 3 50

Les Autrichiens et l'Italie, histoire de l'occupation autrichienne depuis 1815, par CHARLES DE LA VARENNE. introduction par ANATOLE DE LA FORGE. 1 vol. grand in-18............. 3 »

Dix ans d'Impérialisme en France. Impressions d'un flâneur. 1 vol. in-8°.. 5 »

Essai sur l'Histoire de la Civilisation en Italie, par AUGUSTE BOULLIER. 2 vol. in-8°........................... 10 »

Étude sur la Propriété littéraire et artistique, par G. DE CHAMPAGNAC. 1 vol. grand in-18 jésus.................... 2 »

Gazette et Gazetiers. Histoire critique et anecdotique de la presse parisienne (1860), par T.-F. VAUDIN. Deuxième édition. 1 vol. grand in-18 jésus................................ 3 »

Les Guerres commerciales (1486-1850), par Paul MOURIEZ, 1 v. grand in-18 jésus.. 3 »

Mémoires et Correspondance du roi Jérôme et de la reine Catherine. 6 vol. in-8° avec portrait et cartes. Les 4 premiers volumes sont en vente. Chaque volume.................... 6 »

L'Ami du Peuple. — Des syndicats et de l'Enseignement professionnel. Organisation des forces de la Démocratie industrielle, par J.-A. GENTIL. Brochure grand in-8°................... 3 »

Un nouveau droit européen et les Traités de 1815, par TÉRENCE MAMIANI, trad. par LÉONCE LEHMANN. 1 vol. gr. in-18 jésus.. 3 »

De la Représentation nationale en France, par J. GUADET. 1 vol. grand in-18 jésus................................ 3 »

Le Socialisme pendant la révolution française, par Amédée LE FAURE. 1 vol. grand in-18 jésus..................... 3 »

Paris — Imprimerie VALLÉE, 15, rue Breda.

Imprimé en France
FROC031329230120
23251FR00015B/239/P